准爸爸
睡前胎教故事

ZHUNBABA SHUIQIAN TAIJIAO GUSHI

艾贝母婴研究中心 编著

四川科学技术出版社

前言

许多人会心存怀疑：准爸爸做胎教，有这个必要吗？

答案是肯定的。在胎教的过程中，准爸爸的参与和担当，会让准妈妈感到幸福和甜蜜；而准妈妈良好的情绪对于胎宝宝的健康成长，以及未来宝宝乐观性格的形成，都是有益的。

有研究表明，胎儿在子宫内最适宜听中、低频调的声音。而男性的说话声音正是以中、低频调为主。准爸爸坚持每天对胎宝宝说话，让他熟悉自己的声音，能够唤起胎宝宝最积极的反应，有益于宝宝出生后的智力及情绪稳定。

所以，准爸爸们，暂时放弃你们"沉默是金"的人生信条，每天从繁忙的工作中抽出10分钟，放松心情，给宝宝讲一个小故事吧。你可以声情并茂地朗读，可以生动幽默地表演，也可以把自己带入故事中，与胎宝宝一起做互动游戏……发挥你自己的想象力，让胎宝宝感受你的欢乐和父爱吧！

目录

1 杞人忧天	1
2 三只小猪	2
3 猴子捞月	4
4 诗人的友情佳话	6
5 本领大的小老鼠	8
6 皇帝的新衣	10
7 达·芬奇画蛋	12
8 诚实的晏殊	14
9 铁杵磨成针	16
10 画蛇添足	18
11 亡羊补牢	20
12 揠苗助长	23
13 刻舟求剑	24
14 自相矛盾	26
15 买椟还珠	28
16 三个小板凳	30
17 孔融让梨	33
18 圈儿碑的传说	34
19 巧讽吝啬鬼	36
20 塞翁失马	38
21 林肯拒借钱	40
22 逃到天亮	43

23	手捧空花盆的孩子	44
24	"聪明"的臣子	46
25	小猴子盖房	48
26	乌龟的智慧罐	50
27	长跑的小兔子	52
28	钓蝴蝶	54
29	稻粒的故事	56
30	树和小鸟	58
31	鸡蛋的吃法	60
32	聪明的女人	62
33	马克·吐温的幽默	64
34	猫媳妇	66

35	和年轻时力气一样大	68
36	小蜗牛的忧愁	70
37	爸爸的珍宝	72
38	狼和狗的不同追求	74
39	三个和尚	76
40	渔夫和金鱼	78
41	神奇的蘑菇伞	80
42	奇光异彩的宝贝	82
43	国王与牧童	84
44	咕咚来了	86
45	蜡烛煮饭	88
46	谁更有力量	90

47 肉被谁吃了	92	59 狮子求婚	116
48 谁来守着马	94	60 不幸的鹿	118
49 小熊和红皮鞋	96	61 狐狸和山羊	120
50 聪明的格蕾特	98	62 徒劳的寒鸦	122
51 皇帝吃鲫鱼	100	63 年老的猎犬	124
52 狼来了	102	64 鹰与狐狸	126
53 知识的光亮	104	65 农夫与蛇	128
54 善恶分明的县令	106	66 勇敢的鹦鹉	130
55 小蜗牛做证	108	67 青蛙旅行家	132
56 小鸭子找朋友	110	68 老虎学艺	134
57 蒂丽玲河	112	69 绿野仙踪	136
58 癞蛤蟆与钻石	114		

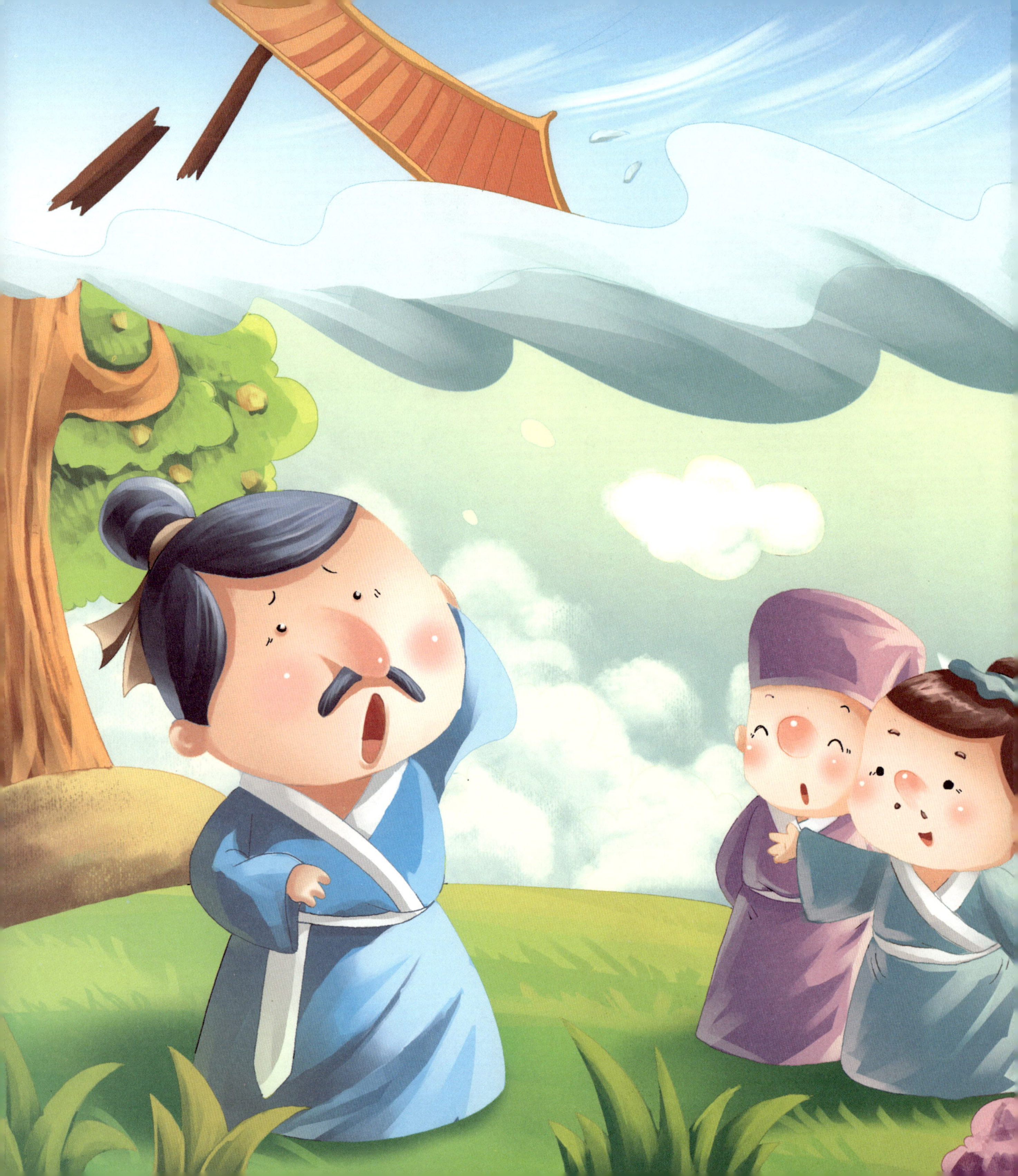

杞人忧天

古代杞国有个人的心态一直比较健康，可是突然有一天不知道怎么了，开始担心天会塌，地会陷，到时候自己就没地方待了。他为此担心得睡不着，吃不下，到了寝食难安的地步。

不过幸好，这人有个朋友，担心他这样过度焦虑会受不了，就过来劝解他，告诉他说："天是积聚的气体，是飘浮着的，根本不会塌下来。"

杞国人不相信，说："如果天是气体，那星星、月亮、太阳怎么能挂在天上呢？"

朋友又解释说："星星、月亮、太阳也是气体，只不过会发光而已，即使掉下来也不会有多大危害。"

杞国人还是不放心，又问："如果地陷了怎么办？"

朋友解释说："地是由土堆积而成，所有的地方都实实在在地填满了土，没有一处是空的，人整天在地上走都没事，所以根本不用担心地陷落。"

杞国人听完朋友的解释，还是半信半疑。过了一段时间，天、地依旧正常，这个杞国人才终于放心了，不再整天焦虑不安，恢复了正常的生活。

准爸爸胎教课堂

杞人忧天，主要是对天和地的实质不了解，所以产生了不必要的担心。每个准妈妈怀孕期间总会有杞人忧天的一面，担心的问题奇奇怪怪、林林总总，主要是因为不了解而造成的。准爸爸要多查查资料了解一下孕期知识，用科学的理论来消除准妈妈的恐惧。

三只小猪

在一个小山村里，有三只可爱的小猪。当它们长大应该独立生活了，猪妈妈便让它们盖好自己的房子就搬出去住。于是，三只小猪开始琢磨盖什么样的房子。

老大扛来许多稻草，它想搭一座简易的稻草屋。老二跑到山上砍下许多木头回来，它想盖一间好看的木屋。老三决定建造一栋用砖石砌成的房子，这种房子既坚固，又不怕风吹雨打！很快，老大、老二的房子都盖好了，看到老三还在起早贪黑地搬石头、砌墙面，两个哥哥在一旁不停地取笑。过了三个月，老三的新房子也盖好了！

有一天，老大被一只狼盯上了。老大惊慌地躲进了稻草屋，狼狠狠吹了口气就把稻草屋吹倒了。老大撒腿就跑进二弟家的木屋。狼追到木屋前停了下来，一下一下地向门撞去，哗啦一声，木屋也被撞倒了。兄弟俩又拼命逃到了老三家，老三淡定地关紧了门窗，胸有成竹地对它们说："别怕！没问题了！"

站在砖石屋前，想着三只小猪就要成为盘中餐，狼心里一阵得意。它对着房门呼呼吹气，结果无济于事。它又用力去撞，"当"的一声，狼只觉得两眼直冒金星，一看房子，还是纹丝不动。狼开始想办法，它绕着房子转了一圈，最后爬上房顶，想从烟囱溜进去。老三从窗口发现狼的计谋后，马上点起了炉子的火。狼掉进火炉里，被熏得够呛，整条尾巴都烧焦了。它嚎叫着夹着尾巴逃走了，再也不敢来找三只小猪的麻烦。

准爸爸胎教课堂

一分耕耘，一分收获。猪兄弟中的老三，坚持建造一个坚固的石房子，最后才得以战胜了大灰狼。妈妈可以告诉宝宝，无论在什么时候都要认认真真地做好每一件事，不怕苦，不怕累，不能草草了事，凡事追求完美。

猴子捞月

　　树林里，一群猴子在玩耍，它们有的在地上打闹，有的在树上蹦跳，好不快活。其中的一只小猴子独自跑到一口井边玩耍，它趴在井沿，往井里边一伸脖子，突然看到有一个月亮。它来不及多想，就大叫起来："不好了，妈妈，月亮掉到井里去了！"

　　猴妈妈听到喊声，跑到井边朝井里一看，也吃了一惊，跟着喊起来："大家快来看啊，月亮掉到井里去啦！"很快，老猴子带着一大群猴子都朝井边跑来。当它们看到井里的月亮，都一起惊叫起来："月亮真的掉到井里去了，这可怎么办啊？"小猴子说："我们快想办法把月亮捞起来吧！"可是井水很深，伸手是够不到的。

　　还是老猴子有经验，它看到井边有棵老槐树，就跳到树上，自己头朝下倒挂在树上。其他猴子就依次一个一个你抱我的腿，我勾你的头，挂成一长条，头朝下一直深入井中。小猴子体重轻，挂在最下边，它的手伸到井水中，对着明晃晃的月亮一把抓去，可是除了抓住几滴水珠外，怎么也抓不到月亮。小猴这样不停地抓呀、捞呀，折腾了老半天，依然捞不着月亮。

　　倒挂了半天的猴子们觉得很累，都有点支持不住了。有的开始埋怨说："快些捞呀，怎么还没捞起来呢？"有的叫着："哎呀，我挂不住啦！"

　　老猴子也渐渐腰酸腿疼，它猛一抬头，忽然发现月亮依然在天上，于是它大声说："不用捞了，不用捞了，月亮还在天上呢！"

　　众猴子都抬头朝天上看，月亮果真好端端在天上呢。

准爸爸胎教课堂

很多人读了这个故事，都会觉得猴子好笑，笑它们知之甚少。可谁又去想猴子为什么要捞月亮呢？把井里的月亮捞起来挂回天上，或者捞起月亮给宝宝做玩具，无论哪种我们都能感到一种爱在里面。一群有爱的猴子，也许是好笑的，但更是可爱的。

诗人的友情佳话

诗仙李白，不但诗写得好，而且性格豪放不羁，很多人都想结交他，目睹一下他的风采。

这一年，李白游历到了泾川，也就是今天的安徽省泾县。当地有一个人叫汪伦，特别仰慕李白的盛名，很想邀他来自己家里做客，又担心李白不答应。左思右想之后，给李白写了一封信："先生好游乎？此地有十里桃花；先生好饮乎？此地有万家酒店。"

李白果然被打动了，接信后没几天就来到了汪伦家里，发现这里是个小地方，哪里有什么"十里桃花，万家酒店"？不过汪伦很快就说明了，他说："我所说的十里桃花是说这里有个桃花潭，万家酒店是说这里有个姓万的人开的酒馆。"李白一听，知道汪伦骗了自己，不但没有生气，反而被汪伦的幽默与风趣逗得哈哈大笑起来。在以后的几天里，汪伦每天盛情款待李白，并带他游遍了当地的名山胜景，他们一起饮酒作诗，情趣相投，短短几天就结下了深厚的友谊。

临别时，汪伦踏歌相送，李白被他的真诚深深地感动了，即兴写下那首名诗《赠汪伦》：

李白乘舟将欲行，忽闻岸上踏歌声。

桃花潭水深千尺，不及汪伦送我情。

准爸爸胎教课堂

这个故事讲述了一段感人的朋友之情，它随着李白众多的诗篇流传下来。准爸爸可以经常带准妈妈跟身边的朋友打交道，不同的朋友带给你们不同的人生体验、思维方式，肚子里的宝宝也会有更丰富的体验。

本领大的小老鼠

在一片广袤的草原上，住着一只狮子，也住着一只老鼠。一天，老鼠外出觅食，尽管已经十分小心了，可还是中了机关，被关进了捕鼠笼。老鼠太害怕了，急得吱吱喳喳乱叫，一点办法都没有。恰好此时狮子经过，狮子不费吹灰之力就把老鼠救出来了。老鼠很感激，对狮子说："谢谢你救了我，我一定会报答你的。"狮子感到很好笑，摸着老鼠的头笑笑说："好了，你那么小，能帮我什么啊？"但老鼠仍然坚持："我一定能帮到你的。"说完就走了。

过了几天，狮子也中了机关，掉进了猎人的捕兽网中，无论它怎么挣扎，又蹦又跳、大吼大叫都无济于事，正当狮子绝望地停止挣扎时，老鼠赶来了，它听到了狮子的吼叫声。老鼠安慰狮子说："别着急，我来帮你了。"狮子沮丧地说："你这么小，怎么帮我啊？"老鼠二话不说，就用牙齿开始咬捕兽网，"吭哧吭哧"，不一会儿还真咬开一个大口子，把狮子放了出来。狮子很高兴，握着老鼠的手说："谢谢你，是你救了我。"紧接着，它又不好意思地说："对不起，我不该小看你。"

准爸爸胎教课堂

再强大的动物，比如狮子，也会有自己办不到的事情；而再弱小的动物，比如老鼠，它也有自己的强项。准爸爸可以声情并茂地给胎宝宝讲述这个故事，也可以叫来准妈妈一起进行角色扮演。准爸爸在给胎宝宝讲故事时，感受不到胎宝宝的互动，可能会失去讲下去的兴趣，但这个时候，准爸爸要相信自己的胎教一定会对宝宝有好处，要将这样的每日胎教坚持下去。

皇帝的新衣

从前，有一个皇帝，喜欢不停地换新衣服穿并四处炫耀。一天，有两个骗子说自己能织出世界上最漂亮的布，用这种布做成衣服，愚蠢的人和不称职的人都看不见。皇帝非常高兴，如果自己穿上这种衣服，以后看人就不会走眼了。

皇帝给了两个骗子许多金子和最好的丝线，两个人却把这些东西装进了自己的腰包。他们整天装模作样地忙着织布，而织布机上却是空空的。

皇帝派了一位大臣去看织布进展，他什么也没有看到，却对布连连赞叹，因为他怕人说自己不称职。听到大臣的描述，皇帝也想去看看，可是他什么也没看见。皇帝不想让别人知道自己是不称职的皇帝，于是，他就让骗子把织的布做成新衣服，并决定穿着它参加游行大典。一时间，城里的人都在谈论着这美丽的布料。

第二天早晨，两个骗子来到皇宫，他们抬起手，好像托着一件什么东西。他们对皇帝说："请您穿上吧！"皇帝只好脱掉身上所有的衣服，装模作样地穿上"新衣服"。大臣们在一边大声说："太美了！这件新衣服太美了！"

游行开始了，观看的人们都说皇帝的新衣服真漂亮，却不说自己什么也看不见，因为谁也不愿被认为是愚蠢的人。忽然，一个小孩叫起来："皇帝怎么没穿衣服啊？"小孩的话传开了，最后所有的人都说皇帝没有穿衣服。皇帝心想："我必须把这游行大典举行完毕。"于是，他摆出一副更骄傲的神气。他的大臣们跟在他后面走，手中托着一条并不存在的后裙。

准爸爸胎教课堂

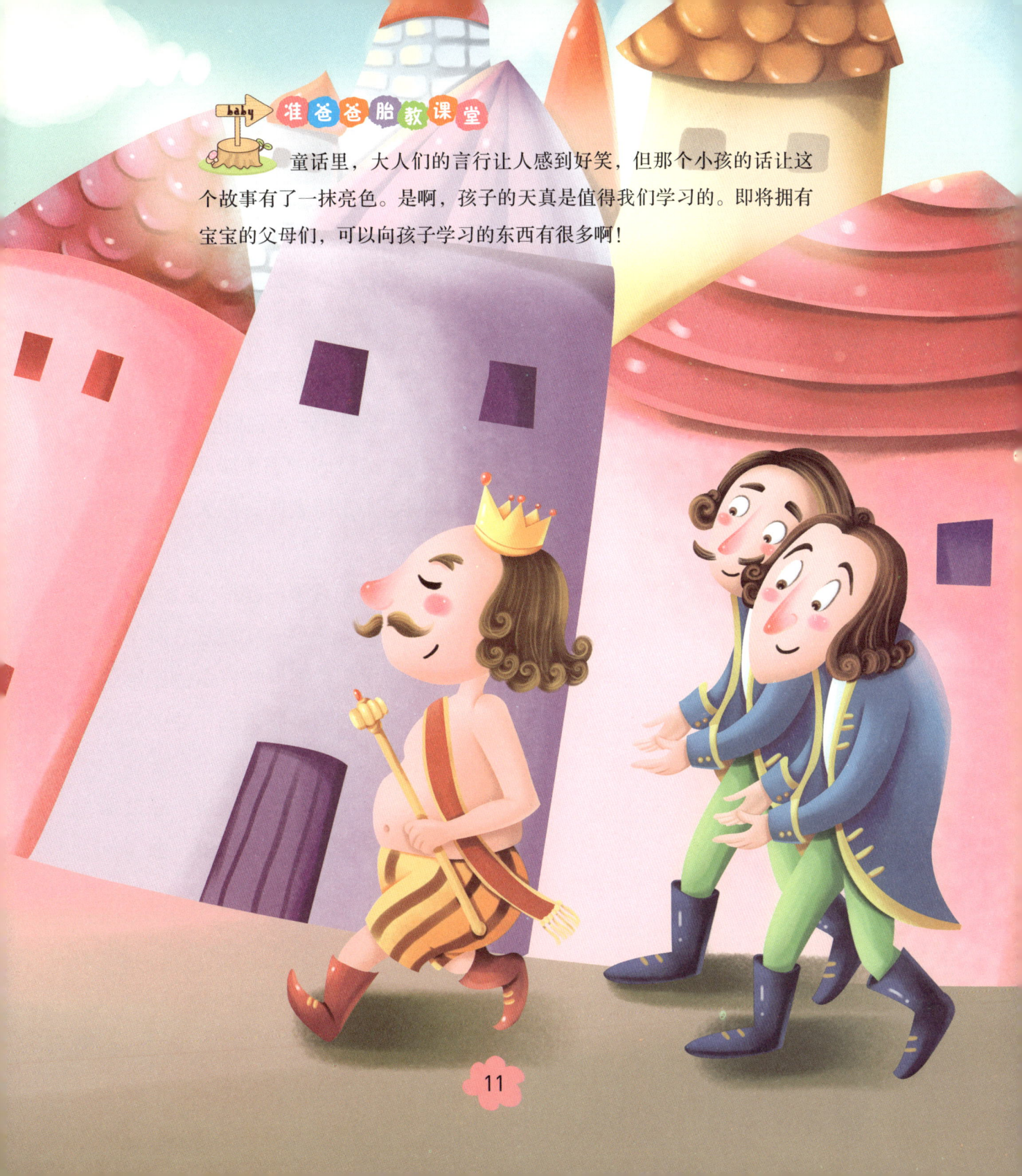

童话里，大人们的言行让人感到好笑，但那个小孩的话让这个故事有了一抹亮色。是啊，孩子的天真是值得我们学习的。即将拥有宝宝的父母们，可以向孩子学习的东西有很多啊！

达·芬奇画蛋

400多年前，有个意大利人叫达·芬奇，他是个著名的画家。达·芬奇小时候非常喜欢画画，于是父亲就把他送到了佛罗伦萨，拜著名的画家韦罗基奥为师。

达·芬奇开始学画时，满以为老师能教给他高超的画画技巧，不想老师却先让他画鸡蛋，画了一个，又让画一个。达·芬奇画了一天就有些不耐烦了，但老师却一直让他画蛋，画了一天又一天。达·芬奇心中满是疑问，也有些厌倦了，画得也不那么认真了。一天，他就问老师："老师，您天天要我画鸡蛋，这不是太简单了吗？"

老师看了看达·芬奇的画布，严肃地说："你以为画鸡蛋很容易，这就错了，在1000个鸡蛋当中，没有两个是形状完全相同的。就是同一个鸡蛋，从不同的角度去看，形状也不一样。每个时刻，太阳的光线也不一样，蛋的投影更是千差万别。是我让你画鸡蛋，就是要训练你的眼力和画画技巧，使你能看得准确，画得熟练。你现在年龄还小，打好基础很重要。"

达·芬奇听了老师的话，惭愧地低下了头，看看桌子上的鸡蛋，感觉那些鸡蛋也在嘲笑自己似的。从此，达·芬奇没了怨言，用心画鸡蛋，画了一张又一张，每一张都画了许多形状不同的鸡蛋。

后来，达·芬奇无论画什么，都能画得又快又像。

准爸爸胎教课堂

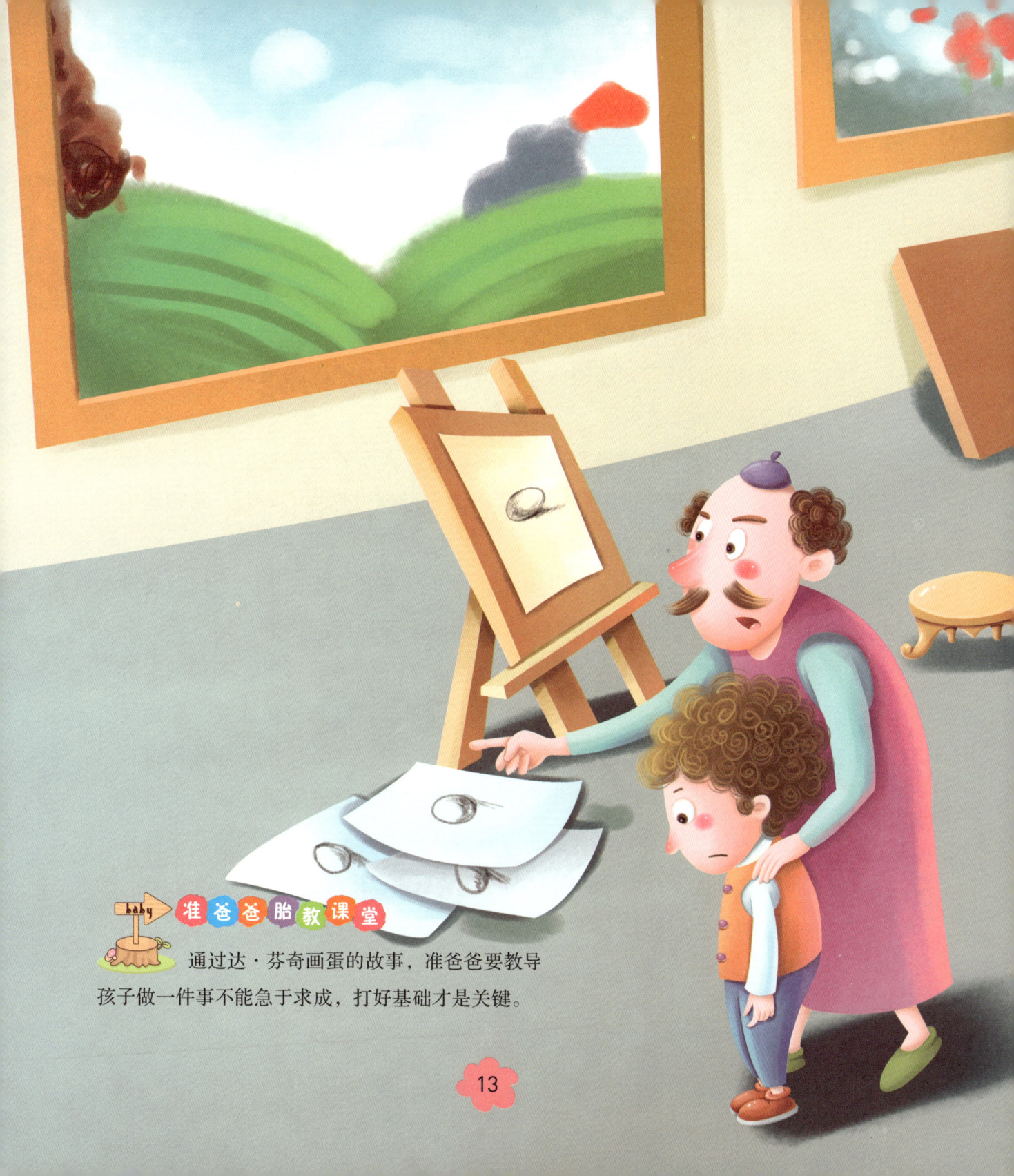

通过达·芬奇画蛋的故事，准爸爸要教导孩子做一件事不能急于求成，打好基础才是关键。

诚实的晏殊

北宋著名的词人晏殊，不但词写得好，而且善于荐举人才，欧阳修和范仲淹皆出其门下。不过，与填词、举贤等才能比起来，晏殊最为人乐道的是他的诚实。

晏殊在十四岁时被推荐给朝廷，恰逢宋真宗亲自考进士，就让晏殊也一同考。晏殊看了试题后说："臣十天前已做过这样的题目，希望能另选试题。"这样的诚实很少见，皇帝非常喜欢。

后来，晏殊入朝当了官，依然很诚实。当时朝臣、士大夫们都喜欢畅饮聚会，但晏殊每日办完公事，总是回到家里闭门读书。有一天，宋真宗提升晏殊为辅佐太子读书的东宫官。大臣们惊讶异常，不明白宋真宗为何做出这样的决定。宋真宗说："近来群臣经常游玩饮宴，只有晏殊闭门读书，如此自重谨慎，正是东宫官合适的人选。"晏殊谢恩后说："我其实也是个喜欢游玩饮宴的人，只是家贫而已。若我有钱，也早就参与宴游了。"宋真宗再次被这个年轻人的诚实感动了，称赞他既有真才实学又质朴诚实，是个难得的人才，一直委以重任。

到了宋仁宗登基后，晏殊的官位最高做到了宰相。

准爸爸胎教课堂

诚实是非常美好的品德，但是很多时候孩子之所以变得不诚实，大人有很大的责任。比如在孩子犯错后加以斥责，而不是与他一起寻找错误的原因，避免下次错误的发生。准爸爸在给胎宝宝讲这个故事的同时，也要告诫自己，任何时候都要让宝宝知道诚实的可贵。

铁杵磨成针

大诗人李白小时候并不喜欢读书，经常逃学，到处闲逛。

这一天，李白又逃学了，跑到城外去玩。他上树掏掏鸟窝，下河摸摸鱼，可比读书好玩多了。

李白边走边玩，路过一个茅屋门口，看到门口坐着一个满头白发的老婆婆，正在石头上磨一根有手臂粗的铁棍。李白觉得很奇怪，就跑过去看个究竟。

李白问老婆婆："老婆婆，你磨这个铁棍干什么呢？"

老婆婆回答道："我要把这个铁棍磨成一根针。"

李白吓了一跳，不敢相信，就问："是缝衣服的针吗？"老婆婆点点头。

李白说："你这根本是不可能办到的。"

老婆婆笑着对他说："滴水能够穿石，只要天天磨，铁棍总能越磨越细，还怕磨不成针吗？"

李白听了，被老婆婆的精神震动，从此以后，再也没有逃过学，而且学习特别用功。

准爸爸胎教课堂

这个故事或许是杜撰的，但是故事告诉人们的是一种坚持不懈的精神，任何时候只要找对了方向并且努力坚持，总能取得一定的成绩。当然，准爸爸也可以跟宝宝讲述一下铁杵磨成针的可行性、必要性，等等，锻炼宝宝多角度思考问题的能力。

胎教百科

在四川江油青莲镇天宝山脚下，李白故居陇西院下方，有一条磨针溪，溪边还有一座八角亭，一座石桥。这是后人为纪念李白而修建的。

画蛇添足

楚国一个大人物家中祭祀，很多门客都主动过来帮忙。祭祀完毕后，这个大人物就把一壶祭祀用的酒赏给门客们喝。门客太多，大家商量说："这壶酒几个人一起喝，肯定不够喝，一个人喝就比较好，还能有所剩余，不如就一个人喝。"接下来的问题是这壶酒该给谁喝呢？大家又商量："我们每人在地上画一条蛇，谁先画好，谁就喝这壶酒。"

于是，大家开始聚精会神地用木棍在地上画蛇。有个人画技一直都比较出众，画得又快又好，心想这壶酒肯定是自己的了，果然他最先画好蛇。他把酒壶拿了起来，面带笑容地看着还在画蛇的人，心想："他们都还没有画完，不如我给蛇加上四只脚吧。"于是，他一手拿酒壶，一手拿着木棍给蛇画脚。蛇脚还没有画完，另一个人的蛇画成了，笑嘻嘻地把他手上的酒夺过去，端起来喝了一口，说："蛇本来没有脚，你怎么能给它画脚呢？"

给蛇画脚，本想更完善，却弄巧成拙，蛇不像蛇了，他只能眼巴巴地看着别人喝酒了。

准爸爸胎教课堂

准爸爸可以给胎宝宝看看蛇的图片，讲讲蛇的生活习性，蛇行动的特点，告诉胎宝宝画蛇添足为什么不对。

亡羊补牢

　　从前，有一个人养了一大群羊，晚上都圈在一个大羊圈里，早上再放出来。有一天早上，他把羊放出来时，数了一下，少一只，再数一遍还是少一只，这个人以为还有羊没出来，就进到羊圈里去查看，结果发现羊圈的墙上破了一个大洞，洞口边上还有狼的脚印，地上有血，看来少了的羊是被狼叼走了。

　　邻居路过听他说了这件事，劝他说："赶快把羊圈修一修，把窟窿堵上吧。"没想到这个人却说："反正羊已经丢了，修羊圈，羊也回不来了，还修它干吗？"于是窟窿就留在那里没有管。到了晚上，羊照旧都圈在这个羊圈里。

　　第二天，这个人把羊从羊圈里再放出来的时候，一数又少了一只，看来狼又从窟窿里钻进去把羊叼走了一只。这个人很后悔没有听邻居的劝告，不然也不会再丢一只羊了，就赶快找材料把窟窿堵上了。

　　从此以后，狼再也钻不进羊圈里了，羊也再没丢过。

准爸爸胎教课堂

准爸爸可找个盒子做羊圈，再找两个玩偶，一个放在盒子里当羊，另一个放在盒子外当狼，演示一下狼怎样进到羊圈里把羊叼走的。演示时重点介绍里、外这两个空间概念。

拔一拔，禾苗能长高一大截，再累也值得。

揠苗助长

从前有个农民，性子特别急，什么都嫌慢。这年春天，他儿子在田地里插了些水稻秧苗，他就每天围着这块田地转悠，隔一会儿就蹲下，用手量量秧苗长高了没有。秧苗自然不会长那么快，每次量完，他就会更加着急。

这个农民就想：有什么办法能让秧苗长得快一些呢？他边转悠边想，最后，他终于想出了一个办法，就是把秧苗拔高一点。说干就干，他蹲下身子一棵一棵地拔高秧苗，看着被拔高的秧苗，他越干越有劲，一口气就把整块田里的秧苗都拔高了一截。他高兴地站起来，发现腿都已经麻了，不过看着"长高"的秧苗，觉得再累也值得。

他拖着发麻的腿回到家，一进门就跟儿子嚷嚷："我今天可干了件大事，累死我了。"儿子诧异地问："爹，你干什么大事了？"他非常得意地回答说："我帮田里的秧苗都长高一大截，不信你去看看。"儿子很纳闷，拔腿就往田里跑去。到田里一看，秧苗有的已经枯死，有的已经蔫了，这整片的水稻将颗粒无收。

准爸爸胎教课堂

凡事都有其内在的发展规律，不可操之过急。胎教也是一样，是一个长期的"工程"，不可过于急躁。

刻舟求剑

　　战国时，有个楚国人出门游历，随身带着一把宝剑。这一天他搭上了一条船，准备到江对面去。

　　船行到江心，突然晃了一下，这个楚国人立足不稳，失去了平衡，身上的宝剑掉入了江中。

　　一同搭船的人以及船家都觉得宝剑掉了很可惜，没想到楚国人却一点也不着急，也没有难过的神色，只见他拿出一把小刀在船舷上刻了起来，众人不解，忙问他干什么呢？这个人回答道："我刻个记号，我的宝剑是从这里掉下去的，等到了江边，我从刻着记号的地方跳下水，就能找到了。"众人愕然，但也没说什么。

　　到了江边，众人纷纷下船，这个楚国人真的一头扎到了水里，去捞他掉落的宝剑，捞了半天，自然不见宝剑的影子。他觉得很奇怪，跟岸上的人说："我的宝剑就是从这里掉下去的，我还做了记号，为什么找不到呢？"有人一听再也忍不住了，告诉他："船一直在行进，你的宝剑却沉入水底不再移动，在这里自然是找不到你的宝剑的。"

准爸爸胎教课堂

凡事都是变化着的,环境变了,应对方法就要随着调整。胎教也要"与时俱进",比如怀孕5个月时,胎宝宝有了听力,可以放些适合胎宝宝听的音乐;8个月的胎宝宝对按压、触摸有反应,可以玩踢肚游戏,等等。

自相矛盾

楚国有个锻造矛和盾的人，他把打造好的矛和盾拿到市场上去卖。到了市场上，看着来来往往的人，他吆喝开了："快来看我的矛，我的矛非常锐利，无论什么盾都挡不住它。"吆喝了几遍，还是没有人来买。于是他又举起他的盾来卖，吆喝道："快来看我的盾，我的盾非常坚固，任何矛都攻不破它。"

他这样吆喝来吆喝去，恰好有个特别爱较真的人经过，听了他的吆喝，就过来问："你的矛很锐利，任何盾都挡不住，是吧？"卖矛和盾的人说："是。"这个人又问："你的盾很坚固，任何矛都穿不破，是吧？"卖矛和盾的人说："当然。"这个人看看周围的人，又问了最后一个问题："那么，用你的矛攻你的盾，会怎么样呢？"卖矛和盾的人听完，瞠目结舌，拿起矛和盾快速走出了人群，消失不见了。

准爸爸胎教课堂

准爸爸在讲故事的时候可以跟胎宝宝聊一聊故事的寓意，告诉他父母希望他以后能够做一个说话办事事实求是、言行一致的人。

胎教百科

　　这个故事出自韩非子的著作，故事的主人公同时夸耀自己所卖的矛和盾，因自相抵触而不能自圆其说。《自相矛盾》的寓意是说话办事要一致，不能违背了事物的客观规律，自己也说服不了自己；同时也比喻自己说话做事前后矛盾或抵触。

买椟还珠

战国时候，有个楚国人，想卖掉他的一颗珍珠。这颗珍珠非常漂亮和珍贵，但他还是担心卖不出一个好价钱，就想把珍珠好好包装一下，抬高它的身价。

于是，这个楚国人买了一块名贵的木兰木，又请了一个手艺高超的工匠，做成一个精致的盒子，雕刻上漂亮的花纹，镶嵌上玫瑰和翡翠，看上去十分精美。

楚国人看这个盒子绝对配得上自己的珍珠了，就把珍珠放了进去，然后拿到市场上去卖。到了市场上，有一个郑国人，将盒子拿在手上翻来覆去地看，简直爱不释手，最后终于下定决心买了下来。

楚国人看珍珠卖出好价钱，也很满意，准备回家了。哪知楚国人没走几步，突然听到后面有人追赶他，回头一看是那个郑国人，手里举着那颗珍珠。楚国人还以为是郑国人后悔买了，心里想："我这么好的珠子还不值你这点钱吗？"没想到郑国人追上他，把手里捏着的珍珠交给他，说："先生，你把这颗珍珠落在了盒子里，我特地拿回来还给你。"楚国人目瞪口呆地将珍珠接过来，看着郑国人拿着盒子边欣赏边走远了。

楚国人站在原地，觉得十分尴尬，不知道该庆幸还是该懊恼，到底是珍珠更有价值还是盒子更有价值呢？

准爸爸胎教课堂

这个故事告诉人们认识事物要有眼光、懂得取舍，要看到事物的本质。珍珠是昂贵的，木盒比之珍珠是廉价的，但是很多时候，各花入各眼，就比如在准妈妈腹中孕育的胎宝宝，他（她）可能像故事中的珍珠珍贵，也可能像故事中的木盒精美，但不管他胎宝宝是什么样，准妈妈都会义无反顾爱胎宝宝。

三个小板凳

爱因斯坦是世界著名的物理学家。他小时候并没有展现出过人的天赋，可是做起事来却十分认真。

他上小学时，有一次在手工课上，老师让同学们去做自己喜欢的小东西。爱因斯坦想做小板凳；同学们也各自施展本领，将自己的心灵手巧表现在自己制作的物品上。快要下课了，有的交上用黏土捏成的鸭子，有的交上用碎布做成的洋娃娃，还有的交出用各种颜色的蜡捏成的水果。他们将自己的作品高高举到老师面前，让老师看看自己是多么的出色。而爱因斯坦低着头，看着自己手里还未完成的小板凳，心里不是滋味。

第二天，爱因斯坦向老师交上了小板凳。小板凳简单而又粗糙，四个板凳腿有的长，有的短。老师看了有些失望，摇着头说："我想世界上没有比这更差的凳子了。"同学们都哄笑起来。爱因斯坦脸上红红的，低声说："有，有比这更差的！"教室里一下子静下来，大家都迷惑不解地望着爱因斯坦。只见爱因斯坦回到自己的座位，从书桌里拿出两个更不像样的小板凳，那些板散了架似的，歪歪扭扭。爱因斯坦说："这两个凳子是我第一次和第二次做的。交出的这个是第三次做的。虽然它还不能让人满意，可总比前两个要好些！"

老师拿起三个小板凳端详了一会儿，又望望爱因斯坦，露出赞许的目光。

准爸爸胎教课堂

故事里的爱因斯坦做事情特别认真，能一次比一次有进步，是值得我们去学习的。每一次的更好，才会积累成最后的最好。准父母要坚持每一天的胎教，这样，才会有更好的效果。

32

孔融让梨

孔融是东汉时期的大文学家,他小时候聪明好学,才思敏捷,巧言妙答,能背诵许多诗赋,并且懂得礼节,大家都夸他是奇童。虽然家里还有五个哥哥一个弟弟,但是父母亲却非常偏爱他。

孔融四岁那年,在祖父六十大寿时,家里宾客盈门。桌子上有一盘酥梨,母亲从里面挑出了一个最大、最好的梨给孔融,没想到孔融摆摆手,不拿大梨,不拿好梨,却挑了一个最小的梨。

孔融的父亲看见了,心里很高兴,就故意问孔融:"这么多的梨,又让你先拿,你为什么不拿大的,只拿一个最小的呢?"

孔融回答说:"我年纪小,应该拿个最小的,大的留给哥哥吃。"

父亲又问他:"你还有个弟弟,弟弟不是比你还要小吗?"

孔融说:"我比弟弟大,我是哥哥,我应该把大的留给弟弟吃。"

他父亲听了,哈哈大笑:"好孩子,好孩子,真是一个好孩子。"

孔融四岁,知道让梨。上让哥哥,下让弟弟。大家都很称赞他。

准爸爸胎教课堂

孔融让梨的故事打动了一代又一代人,但从孔融父亲"高兴"和"哈哈大笑"的表现,可以推想,孔融的谦让品格一定源于父母的教导。宝宝的品行如何,父母的教导是关键,准爸妈在日常一举一动中也要尊老爱幼,给胎宝宝树立良好的榜样。

圈儿碑的传说

在浙江宁海，曾经有着这样一座墓碑，据说其主人是宋代女词人朱淑真，因墓碑上面刻着大大小小很多圈，故人称"圈儿碑"。这由圈儿组成的碑文，被人称作"圈儿谜"。其实墓碑上用圈儿作碑文，跟词人在世时的一首词有关系。

朱淑真自幼聪慧，长大后善绘画，通音律，在诗词上尤其精通。长大后，朱淑真嫁给了一个商人。商人丈夫经常外出经商，朱淑真也就经常独守寂寞。又有一次，丈夫出门很久没有回来，朱淑真就给丈夫寄去一封信，信纸上全是圈儿，没有字。丈夫怎么看也不明白，后来才看到信纸背面写着一首词，读完词才知道这些圈儿的意思。这首词写到：

"相思欲寄无从寄，画个圈儿替。话在圈儿外，心在圈儿里。单圈是我，双圈是你。你心中有我，我心中有你。

月缺了会圆，圆了会缺。我密密加圈，你密密知我意。还有那说不尽的相思情，一路圈儿画到底。"

后来，朱淑真因忧郁而死，丈夫非常想念她，就把她的这首"圈儿词"刻在墓碑上，作了她的碑文，让后世读到的人都不禁黯然。

准爸爸胎教课堂

准妈妈更容易感觉孤单，所以，准爸爸即使工作再忙，也要抽时间多陪陪妻子，与她一起想象宝宝的样子，一起跟胎宝宝做游戏、讲故事，让她以更快乐的心情来度过孕期。

巧讽吝啬鬼

从前有个非常吝啬的财主，在他六十大寿时广发请帖，遍邀当地名流，声称届时将摆"丰宴"。众人以为他真的会大方一次摆宴呢，于是纷纷准备礼物，都去给他贺寿了。

没想到的是寿宴上酒肉一概不见，只有豆干、萝卜、青菜，众人心里都很鄙夷，但碍于面子，都不说什么。只有一位秀才，性格诙谐，就想讽刺一下这个财主，只见他径直走到财主面前，对财主拱拱手说："老哥六十花甲，兄弟以一副对联相贺。各位多指教。"秀才清了清嗓子，朗声念道：

"一二三四五七八九十，

一二三四五六七八十。"

念完了对联，又说："横批是'文口从土回'。"

众人一听，立刻领会了其中的意思，都大笑起来，财主不明白什么意思，也跟着傻笑。过了几天财主终于明白了，秀才是骂他呢，上联缺"六"，下联缺"九"，意思就是说席上缺肉少酒，横批五个字组合起来正是"吝啬"二字。可事情已经过去了，财主也只能自己生闷气了。

准爸爸胎教课堂

《巧讽吝啬鬼》这则小故事内容诙谐、幽默,准爸爸用心讲给准妈妈和胎宝宝听,一定会取得放松身心、愉悦心情的效果。

塞翁失马

在胡人领地附近，住着一位智慧的老人。他养了许多马，一天马群中忽然有一匹跑到了胡人的领地，邻居们听到这件事都过来安慰他。可老人却说："丢了一匹马没什么，这说不定是件好事呢。"人们对老人的说法很不理解。

过了几个月，这匹马居然带着胡人的几匹骏马跑回来了。这可是笔不小的意外之财，人们觉得他太幸运了，都来祝贺他，可是他却忧虑地说："虽然白白得了几匹马，可谁知道这会不会变成一件坏事呢？"人们想这老头怎么老喜欢跟别人唱反调。

胡人的马高大善跑，老人的儿子非常喜欢，经常骑着出去玩。有一次骑马时，不小心从马上摔了下来，摔折了腿。人们又来安慰老人，老人却说："没什么，腿摔断了却保住了性命，这或许是件好事。"人们想起前两次老人说的话，想也有一定道理。

一年后，战争爆发了，胡人大举侵犯边境，青年人都被强征入伍，唯独老人的儿子因为摔断了腿，不能去当兵。后来，入伍的青年大都战死在沙场，老人的儿子却因未入伍而保全了性命。

准爸爸胎教课堂

　　这是一个充满中国智慧的故事，告诉我们要用一分为二的方法看待问题。在怀孕过程中，准妈妈情绪总是容易起落，患得患失，对胎宝宝不利。准爸爸可以用塞翁的思维方式开导准妈妈，遇到好事不大喜过望，遇到坏事也不悲伤忧惧，总是着眼未来，想必情绪也会变得平静。

39

林肯拒借钱

亚伯拉罕·林肯是美国的一届总统，他有一个弟弟，是他继母的儿子。有一次，弟弟来信向林肯借钱，林肯写信这样回复了他。

亲爱的詹斯顿：

你向我借80块钱，我觉得最好不要借给你，因为你现在的问题是浪费时间的恶习没有改掉，一定要改掉它，这样对你还有你的孩子们来说都很重要。

我建议你去工作，只要你挣到一块钱，我就再给你一块钱，这样你的劳动可以获得双倍的酬金。当然，我并不是说让你到很远的地方去做苦工，你只需要在离家近的地方找个最挣钱的工作。

如果你愿意的话，很快就能还清债务，更重要的是你会养成不再欠债的好习惯。但如果我现在帮你还了债，明年你又会负债累累。

你说你愿意把田产抵押给我，这太不明智了，假如你有田地都无法生存，将来没有了田地又该怎么办呢？相信我，如果你肯采纳我的建议，你会发现，这比8个80块钱还值！

挚爱你的哥哥：亚伯拉罕·林肯

准爸爸胎教课堂

我们想要的任何东西都可以通过自己的劳动去换取，享受这个过程，人生才变得美妙。准爸爸、准妈妈应该告诉胎宝宝：无论怎样，生活还是要靠自己努力。

大家快跑啊,有恶魔!

42

逃到天亮

据说，从前有这样的一个戏班子，每天演出很多，十分辛苦，但是不管路程远近，还是会前去演出。

有一次，他们带了行头要到很远的地方去演戏。这一天，因为天黑赶不到镇上去投宿，他们只好在一座山上过夜。听人说，这座山里向来住有吃人的恶魔。而这时，天气不好，山上又有风，冷极了，所以戏子们只好烧起火来，大家围着火睡觉。其中一个戏子生了寒热病，他感觉非常冷，就随手拿了一件戏衣穿在身上，坐着烤火，而那件戏衣恰恰是戏台上恶魔穿的。

过了一会儿，其中一个戏子从睡梦中醒来，一看火边坐着一个吃人的恶魔，吓得边逃边大声喊"有恶魔"，这么一来，其他人都被吓醒了，也都起来跟着逃。

那个穿着戏衣的人看见大家都在跑，他也拼命跟着跑，可怜那些逃在前头的人，一看后面有恶魔追来了，吓得加快了速度，不管荆棘和石块，都没命地飞跃过去，弄得伤痕累累，身心疲倦。

天逐渐亮了，太阳升到高空，大家这才发现那不是真的恶魔，是自己的朋友穿着戏服呢。

准爸爸胎教课堂

盲从累人累己，在做决定前，首先应该提醒自己：这是不是自己的意愿。胎教也是如此，准父母可能会听到来自各方的建议，但要知道并不是别人认为好的就一定适合自己。

手捧空花盆的孩子

从前有一位国王,他的年纪大了,却还没有子女。他想挑选一个孩子做继承人,人们也猜想着国王心目中的继承人是什么样子,聪明、勇敢,还是英俊。国王发给每个孩子一些花种,宣布谁能用这些种子种出最美丽的花,谁就是他的继承人。孩子们都希望自己能够成为幸运者,孩子们的家长更是看在眼里,急在心里。

有个叫雄日的男孩儿,把领来的种子种在花盆里,整日精心地照料。十天过去了,半个月过去了,一个月过去了,花盆里的种子连芽都没冒出来。雄日把种花的土换了,又给种子浇水、施肥,种子还是不发芽。

国王看花的日子到了,雄日很失落,但是雄日的父母仍旧鼓励他去参加。那天,孩子们捧着一盆盆鲜花涌上街头,期待着国王投来赞许的目光。但国王看着这些鲜花,脸上却看不到一丝喜悦。忽然,国王看见了人群后面端着空花盆的雄日。他无精打采地站在那里,眼角还有泪花。国王把他叫到跟前,问:"你为什么端着空花盆呢?"

雄日对国王说了花种怎么也不发芽的经过。没想到国王听了,脸上却露出了笑容。他把雄日抱起来,高声说:"你就是我要找的继承人!"

大臣们不解地问国王,为什么选雄日当继承人,国王说:"我发的花种全部是煮过的,根本就不能发芽开花。"

准爸爸胎教课堂

细想下，这个王国除了雄日外，就没有一个诚实的孩子了。这是可能的事情吗？答案在文中"孩子们的家长更是看在眼里，急在心里"的这句话里。可以想象，这些家长都帮孩子做了些什么。胎教时，准父母可以给胎宝宝讲一些诚实做人的故事和道理；当宝宝出生后，父母就要以身作则，处处给孩子做出榜样。

"聪明"的臣子

从前有一个国王,生性特别的贪婪。有一天,听说有一个仙人来到他的国家,这个仙人的眼睛能够看见埋在地下的一切宝藏。

国王心里不知有多快乐,便和臣子们商议说:"我们要想一个方法,叫这个仙人长住在我们这里,不让他到别的国家去,那么我就能够得到藏在地下的所有财宝,我将比任何国王都富有了。"

有一个臣子眼珠转了转,马上说道:"臣有一个好法子!"

国王一听,高兴极了:"爱卿有什么好法子啊?"

不过那个臣子并没有立刻说出他的办法,而是跑到仙人那里去了,把仙人的一双眼睛挖了出来,拿回来呈给国王并说:"臣已经留下仙人的眼睛了,现在即使他去了别的地方也不要紧了。"

可想而知,这个仙人眼睛被挖了出来,就成瞎子了,国王自然也无法得到地下的财宝了。

准爸爸胎教课堂

这个愚蠢的臣子真是舍本逐末啊。其实,仔细想一想,做胎教也是一样的道理,不能光想着做胎教,而忘记了最重要是让孩子快乐地成长,如果频繁做胎教扰乱胎宝宝的睡眠就得不偿失啦。

臣有一个好法子！

小猴子盖房

小猴子没有房子，一到下雨就挨淋，他决定要给自己盖一座大房子。房子要盖得高高的，还要装上大大的门窗。他还决定，明天就动工。

第二天，小猴子早早就起来了，又是搬木头，又是折芭蕉叶子，他在准备盖房子的材料。可是干了没一会儿，小猴子就感觉累了，躺下休息了。小猴子躺在树干上看着天空，心想："天气这么好，还是先玩一会儿吧，房子等明天再盖。"这一天就在小猴子的玩耍中过去了。

又一个第二天来了，小猴子拿着房子的图样请小松鼠欣赏，小松鼠说："这个房子好大、好漂亮呀！什么时候才能盖好呢？"小猴子说："快，很快，明天就能盖好了。对了，我要请好朋友明天都来我的新房子里玩。现在就去请。"

小猴子蹦蹦跳跳地走了。他请了大象、小白兔、小刺猬、青蛙、啄木鸟，就这样这一天又在小猴子请客声中过去了。

小猴子请好朋友来新房子玩的时间到了，好朋友们都来了，可是左瞧右看，不见新房子，大家赶忙问他新房子在哪里，小猴子说："我的新房子明天才能盖好呢，你们明天再来吧。"

正说着，突然下起雨来了，大家各回各家，只有小猴子留在雨里，又被淋成了落汤鸡。

不知道这场雨有没有把小猴子浇醒,让他把这个"等明天"的习惯纠正一下呢?

准爸爸胎教课堂

准爸爸如果做了胎教计划,就要天天照着计划进行,不要只做计划,不执行,永远等明天,那样胎教的效果就会像小猴子的房子似的永远见不着。

乌龟的智慧罐

从前,有一只乌龟一心想着收集"智慧",就像收集邮票一样,并把这些"智慧"放在一个大沙罐里,终于有一天,它的沙罐装满了。

乌龟相信,世界上所有的智慧都属于它了,可是,它害怕自己的沙罐被别人偷了去,突然,它有了主意:"对,把沙罐藏在高高的树枝中,就没有人能找到了。"

于是,乌龟用两臂提着沙罐爬树,爬不上,左臂提,还是爬不上,右臂提,仍然爬不上。这时,他的儿子小乌龟突然喊道:"爸爸,你为什么不把罐子背在背上再爬树呢?"

乌龟对儿子笑笑,说:"嗨!小家伙,你懂的比你爸爸还多吗?"于是,它试着把沙罐背在背上,真奇怪,它很轻易就爬上去了。

乌龟坐在树枝上,抱着大沙罐,它想了一段时间,感觉很悲伤,"我以为我拥有了所有的智慧,可我儿子却具有我所没有的智慧。"又想了一阵,最后,他从树上把沙罐推了下去,沙罐摔破了,"智慧"便又全部撒播到大地上了。

准爸爸胎教课堂

乌龟虽然认识到智慧的宝贵,可是它却不知道,智慧并不是收一点就少一点,而是越散播越多的,分享才是获得好办法的途径。准爸爸有什么好点子,一定不要忘了跟宝宝和妈妈分享哦。

胎教百科

龟是爬行动物，有三类：水龟、陆龟、半水栖龟。一般将龟统称乌龟，但真正的乌龟是指草龟，这种龟的雄性成体会变成黑色，所以叫乌龟。

龟最早见于三叠纪初期，已经在地球生存了几千万年，是和恐龙系同时期的动物。

长跑的小兔子

动物王国里，有一只小兔名叫红红，他想跟着马老师学习长跑。于是马老师就带着红红一边练习长跑一边讲解，它们穿过了一片小树林，又越过了一座小山坡，没多久，红红就累得上气不接下气了。它多么希望能够停下来，好好休息一会儿啊。

红红渐渐落后了，一不小心被一个木桩狠狠地绊倒在地上。这一下可摔得不轻，连新衣服都磕破了，红红痛得大声哭了起来。马老师听到哭声马上返了回来，说："红红，坚持才能胜利，碰到一点困难就退缩肯定不行，要坚强哦。"

红红听了老师的话，擦干眼泪，从地上站了起来，这时，树上的鹦鹉也鼓励道："红红，加油！你一定会成功的。"红红点了点头，谢过鹦鹉，继续向前跑。红红就这样坚持地练习下去，后来，哭鼻子的小兔红红在森林运动会上赢得了长跑冠军，它兴奋极了！

准爸爸胎教课堂

胎教是个需要长期坚持的事，也许准爸爸会有心情不好的时候，你是不是也像小兔红红一样，碰到一点困难就退缩呢？这时千万不要放弃，给胎宝宝读一个开心的故事，想象着宝宝快乐的模样，你也会感到愉悦起来。

胎教百科

兔子眼睛能大量聚光,即使在暗处也能看到东西。另外,由于兔子的眼睛长在脸的两侧,因此它的视野宽阔,对自己周围的东西看得很清楚。不过,兔子不能辨别立体的东西,对近在眼前的东西也看不清楚。

钓蝴蝶

一天，天气特别好，小兔子出去找小熊玩，它来到了田野里，只见小熊正在摘花籽，便问："你在干什么呢？""我要钓蝴蝶，我正在做准备工作呢！"小熊一边摘一边回答。"什么？钓蝴蝶？"小兔子以为小熊在开玩笑呢，就没在意。

不久，小兔子见小熊在家门前挖了很多坑，便问："你在忙什么呢？""我要钓蝴蝶！明年春天，我要钓很多很多蝴蝶。"小熊说。"蝴蝶怎么能钓到？吹牛吧！"小兔子摇摇头，走了。

春天来了，这天小熊来找小兔子："快去我家吧，我钓了好多好多蝴蝶！"小兔子忙赶去一看，啊，小熊家像个大花园，真的有很多蝴蝶。

"啊，原来你是这样钓蝴蝶的呀？知道蝴蝶喜欢花，就用花来钓蝴蝶，呵呵！太聪明了！"小兔子高兴地学着蝴蝶的样子，挥动着两只胳膊，在花丛中跑来跑去。

后来，小兔子也学着小熊，收集了很多花籽，它自己也想钓蝴蝶了。第二年春天，小兔子也钓到了很多蝴蝶，在小兔子家门前成群的蝴蝶飞舞着，很是美丽！小兔子高兴地笑了。

准爸爸胎教课堂

花朵盛开不仅会吸引蝴蝶飞来，还能让人心情格外好。如果家里养了花，准爸爸可别忘了给它们浇水施肥啊，只有精心侍弄，才能将美丽绽放给准妈妈看。

稻粒的故事

据说很久很久以前，稻子是不需要人们亲自到田里种的，也不需要管理、收获，待稻子成熟的时候，它们会按时自己滚进谷仓。直到有一次，一个啥也不干、整天睡大觉的懒汉的出现，打破了这个规律，情况才发生了变化。

那是一个稻子成熟的季节，稻粒滚到懒汉的家门口，请他帮着开一下仓门，尽管稻粒在门口喊了半天，但是懒汉懒得起床，反而不耐烦地大吼："我不开！你们为什么偏偏要在我睡觉的时间来？你们先回去吧，明天中午再来。"

稻粒又等了一阵，仍不见有动静，就说："算了吧，我们再也不来找你了。但是，今后你必须自己播种，亲自伺候秧苗成长，熟了动手收割、脱粒。你要是疏忽大意，动物们就来抢着吃。此外，你还必须把我们运到谷仓，要是保管不善，我们还会长出芽来，叫你没法吃。"

稻粒说完后，就都各自回到田里了。从此以后，因为懒汉的懒惰，人们要吃饭就必须按照稻粒所说的那样辛苦地劳作了。

准爸爸胎教课堂

懒汉因为一时懒惰,却要一世辛劳。懒惰可是容易传染的,如果准妈妈做什么事都懒洋洋的,那胎宝宝也容易变得缺乏思考力及行动力,所以,准爸爸有责任提醒准妈妈,一起坚持良好的习惯。

树和小鸟

鸟儿每天在树上玩耍，树也高兴地陪伴鸟儿欢愉，渐渐地，一棵树和一只鸟儿成了好朋友，鸟儿坐在树枝上，天天唱歌给树听……

寒冷的冬天就要来了，鸟儿要去温暖的南方。树对鸟儿说："再见了，小鸟！明年请你再回来，还唱歌给我听。""好的，我明年一定还会回来的！"鸟儿说完，就飞走了。

春天又来了，鸟儿回来找它的好朋友树，可是，树不见了，只剩下树桩留在那里。树桩告诉鸟儿，树被伐木人砍倒拉到山谷去了。

鸟儿来到山谷，看到一个很大的工厂，它从看门先生那里知道，树被切成细细的火柴运到村子里卖掉了。

鸟儿飞向村子，在一盏煤油灯旁，一个小女孩儿告诉鸟儿，火柴已经用光了，但是它点燃的火还在灯里亮着。

鸟儿盯着燃着的灯火看了一会儿，接下来，它就唱起去年唱过的歌儿给灯火听，动听的歌唱完后，鸟儿又对着灯火呆呆地看了一会儿，便伤心地独自飞走了。

准爸爸胎教课堂

朋友之间忠诚、纯真的友谊是多么美好啊。准爸爸不妨提醒一下准妈妈，是否很久没有联系过好友了，给她们打个电话或者寄一张特别的明信片吧。

胎教百科

很多鸟类具有沿纬度季节迁移的特性，夏天的时候这些鸟在纬度较高的温带地区繁殖，冬天的时候则在纬度较低的热带地区过冬。夏末秋初的时候这些鸟类由繁殖地往南迁移到过冬地，而在春天的时候由过冬地北返回到繁殖地。

鸡蛋的吃法

从前，有一位旅行家在海上遇险了，来到了遥远的岛群中的一座小岛上，同时也把鸡带到了这个小岛上。

很快，新鲜的鸡蛋成了一道最普通、最便宜的菜，不过，所有的鸡蛋都是用白水煮着吃，因为，旅行家没有教给岛上的居民们别的吃法。

不久，岛上的一位居民摊鸡蛋吃，多么美妙的想法！后来，有人做出荷包蛋，又有人想出煎蛋……现在，鸡蛋真走红！一个人又发明出蛋卷。一年以后，一个人说："你们真无用，我要用西红柿炒鸡蛋。"这道菜也实在妙，厨师们都纷纷这么做。

人们还在不停发明新的花样，连放在卤汁中的蛋品都出现了，到最后，几乎所有的人都成了发明家。

在人们得意地享受自己发明的鸡蛋的做法时，一位慎重的老人语重心长地对他们说："我们扬扬自得也是枉然，同样的都是鸡蛋，即便用了一千种花样做出来，它仍然还是鸡蛋，是该尝试种点别的什么菜了啊。"

准爸爸胎教课堂

故事中老人说的话很有深意，同样的都是鸡蛋，即便用了一千种花样做出来，它仍然还是鸡蛋。不过，讲胎教故事则不同，胎儿比较喜欢听熟悉的故事，所以不怕重复。

胎教百科

鸡蛋营养丰富，一个鸡蛋重约60克，含蛋白质7克。鸡蛋蛋白质的氨基酸比例很适合人体生理需要，易被吸收，利用率高达98%以上，营养价值很高。孕期准妈妈可以每天吃1~2个鸡蛋。

聪明的女人

有一天，在路上，一个漂亮的女人走在前面，她的身后紧紧跟着一个陌生人，终于，这个女人回过头来问他：

"这位陌生先生，你为什么一直跟着我？"

"我爱上了你，你真是一位绝代佳人啊！"

女人微微一笑，说："我的妹妹就跟在我后面走呢。她的眼睛黑得像黑夜里的天空，皮肤比雪莲花还要白，她比我可要美不止十倍呢！"

这个男人高兴极了，转身就往后跑，跑来跑去，只看见一个老态龙钟的老太婆在路上慢腾腾地走着。

这个男人表情惊讶，转回身去追那个年轻貌美的女人，追上她就问："你为什么骗我？"

这个女人反驳道："我没有骗你，倒是你骗了我。素不相识的人啊，你若是真心爱我，就不会跑来跑去了！"

这个陌生男人听到这话后羞愧难当，只得一溜烟地跑了。

准爸爸胎教课堂

故事中的男人因为这山望着那山高,最后竹篮打水一场空。其实真正的爱是不离不弃,不管在任何时候,都觉得对方是最美的。准爸爸在讲故事的时候,不妨提醒下自己,要经常对准妈妈表达自己的爱意,不要因为准妈妈怀孕后脾气变得古怪,体型变得臃肿而觉得难以接受。准爸爸要学会发现准妈妈的美,多赞扬准妈妈,帮助她度过漫长的孕期。

马克·吐温的幽默

著名作家、演说家马克·吐温非常风趣幽默。有一次，他外出做演讲，来到了一个小城镇上。

晚饭前，马克·吐温先去一家理发店刮胡子。

"你是外地人吧？"理发师问。

"是的，"马克·吐温回答，"我是头一次到这里来。"

"你来得正是时候，"理发师继续说，"今晚马克·吐温要来做演讲，我想你会去的，是吗？"

"噢，我也是这样想。"

"你搞到票了吗？"

"还没有。"

"票全都卖光了，你只有站着了。"

"真讨厌！"马克·吐温叹气着说，"我的运气真不好，每次那个家伙演讲时我都不得不站着。"

准爸爸胎教课堂

风趣、幽默是生活的一剂良方,如果你是一个懂得合理利用幽默的准爸爸,一定会给准妈妈的孕期生活带来很多欢乐的。如果准妈妈的坏脾气让你感到不悦了,用幽默的力量化解吧,这是最温柔的安慰力量。

猫媳妇

在很久很久以前,有个诚恳老实的庄稼人,因为家里太贫穷,四十岁了还是没有娶上媳妇。

一天晚上,天下着雨,突然一只猫在门外喵喵地叫,"奇怪!这么大雨的晚上,哪里来的猫呢?一定是迷路了吧!"庄稼人想。

于是,他爬起来打开门对猫说:"快进来吧!怪可怜的。"他说着,仔细一看,哎呀,这不是邻居财主家的猫三毛吗?他赶紧让三毛进屋,替它擦干毛,又给它饭吃。

原来,这只猫不是自己跑出来的,是财主家认为三毛什么活也干不了,就把它赶出来了。从那以后,庄稼人就留下了三毛,和三毛一起吃饭,在同一个被窝里睡觉,对它照顾得非常周到。

这样的日子过了许久,一天,三毛突然说起话来,告诉庄稼人它要去神庙祈祷变成人,于是庄稼人就给它在脖子上挂上钱包,让它去了。没过几天,那只猫真的变成一个女人回来,做了庄稼人的老婆。

他们每天起早贪黑,勤勤恳恳地干活,后来逐渐富裕起来,成为比邻居财主还要富有的人家!

准爸爸胎教课堂

庄稼人最后靠自己的善心与勤劳获得了幸福美满的生活,真的是可喜可贺啊!准爸爸可以告诉宝宝,在别人困难时施以援手,自己也会更快乐的。

和年轻时力气一样大

村里住着一位老人，已年过七旬，可他并不服老。有一天，他试图把院子里的一块大石头搬动一下，这一搬不要紧，自己却受伤了，腰也扭了，气也不顺了，这下子，他需要卧床休息好久了。

许多亲朋好友前来探望他，他却对他们说："请你们别难过，我身体和年轻时一样，力气一点没减少。"

"何以见得呢？"人们好奇地问。

老人说："我们家院子里的那块大石头，我年轻时搬过它，怎么搬也没搬动，几天前我试了试，仍然没搬动，你们看我的力气不是和年轻时一样大吗？"

准爸爸胎教课堂

老人当然不可能和年轻时力气一样大，可是我们看到他的自辩时仍然会心一笑，这是一种诙谐的辩解，虽然有时候力不能及，但也不能让自己放弃希望，留更多一点快乐给自己，何乐而不为呢？

我身体和年轻时一样,力气一点没减少。

小蜗牛的忧愁

有一天,一只小蜗牛慢慢地爬着,脸上充满着忧愁,小蜗牛自言自语道:"直到现在,我都没有注意到,我背上的壳里面装满了挥之不去的忧愁,这个忧愁怎么处理好呢?

于是,这只小蜗牛去找它的蜗牛朋友。

小蜗牛跟朋友说:"我已经活不下去了。"

朋友问他:"你怎么啦?"

"我是多么的不幸啊!我背上的壳里面装满了忧愁。"小蜗牛说道。

然后,朋友说话了:"不只是你,我的背上也装满了忧愁啊。"

小蜗牛心想,真没办法,只好再去找别的蜗牛倾诉一下啦。

可是,其他的蜗牛朋友也对它说:"不只是你,我的背上也装满了忧愁。"

于是小蜗牛又到别的朋友那里去。

就这样,它一个又一个地寻访朋友,但是,不管是哪个朋友,都说一样的话。

最后,小蜗牛注意到了:"不只是自己,其实每个人都有忧愁。所以我们必须想办法来化解自己的忧愁才行,这样才能使自己快乐起来。"

准爸爸胎教课堂

这个故事蕴含着一个简单的道理,必须要自己调整心态来化解忧愁。在胎教过程中,准父母难免会遇到很多烦心事,无论什么时候,都要学会轻松化解。

爸爸的珍宝

从前，有一座大山，在山的南边住着一个老农夫和他的三个儿子。这个老农夫有一大片的葡萄园，每年都会结许多甜美多汁的大葡萄。可是老农夫年纪大了，体力渐渐衰弱，再也不能到园里劳作了，而他的三个儿子虽然已经成年，却十分懒惰，眼看着葡萄园一天天地荒芜了。

临终前，他把三个儿子叫到身边，对他们说："我的孩子们，在葡萄园里，我埋藏着一批珍宝，你们生活困难时就挖出来补贴家用吧。"说完就去世了。儿子们见父亲已死，立即找来锄犁，挖的挖，耕的耕，翻土三尺，可是始终也没有找到那批财宝，而整座葡萄园由于他们的耕、挖等劳作，土地变得松软，更有利于葡萄生长了。

第二年，葡萄获得了大丰收，每颗葡萄都圆滚滚的，像一颗颗紫红色的大珍珠，还发出耀眼的光芒。三兄弟高兴极了，他们把一部分葡萄运到镇上去卖，一部分酿成了葡萄酒，赚了一大笔钱。

"虽然没有找到珍宝，但帮园子松了土总是对的！"老三开心地说道。

老二说："现在我总算明白父亲的用心了！其实他是要咱们辛勤劳动，这样才能收获无数珍宝。"

老大感慨地说："你们看，那满园的葡萄不就像珍宝吗，它们是那样的闪亮、美丽！"

准爸爸胎教课堂

有时候，换个角度会更容易达到目的，像故事中的爸爸一样，他从孩子的角度来思考，找到一种更容易被孩子接受的方式让儿子们得到收获。教育也一样，能否达到一个好的结果，有很多种方式，准爸爸在给胎宝宝做胎教的时候，也要从胎宝宝的角度出发，来思考胎教到底应该怎么做效果更好。

73

狼和狗的不同追求

一个夜晚，一只狼在月光下四处寻食，它已经几天没吃东西了，非常饥饿，这时，它遇到了皮毛油亮的狗。它们相互问候后，狼说："朋友，去哪里可以找到食物呢？我现在日夜为食物奔波。"

狗回答说："你若想像我这样，只要学着我干就行。"

"真是这样，"狼急切地问，"什么活儿？"

狗回答说："就是给主人看家，夜间防止贼进来。"

"什么时候开始干呢？"狼说，"为了有个暖和的屋子住，不挨饿，做什么我都不在乎。"

"那好，"狗说，"跟我走吧！"

它们俩一起上路，狼突然注意到狗脖子上有一块伤疤，感到十分奇怪，不禁问狗这是怎么回事。"一点点小事，也许是我脖子上拴铁链子的颈圈弄的。"狗轻描淡写地说。

"铁链子！"狼惊奇地说，"难道你是说，你不能自由自在地跑来跑去吗？"

"不对，也许不能完全随我的心意，"狗说，"白天有时候主人把我拴起来。但我向你保证，在晚上我有绝对的自由；主人把自己盘子中的东西喂给我吃，佣人把残羹剩饭拿给我吃，他们都对我倍加宠爱。"

狼听后，鄙视地说道："你……去享用你的美餐吧，我宁可自由自在地挨饿，也不愿套着一条链子过所谓的舒适生活。"

准爸爸胎教课堂

不一样的人有不一样的人生追求,对于一条狼来说,自由比安乐更珍贵。准爸爸可以告诉胎宝宝,在任何时候做选择时都要遵循内心的想法。

三个和尚

从前有座山，山上有座小庙，庙里面有个小和尚。他每天都忙碌着，一个人挑水、念经、敲木鱼，给观音菩萨案桌上的净水瓶添水，夜里赶走老鼠，不让老鼠来偷东西，生活过得很舒服，很安稳自在。

不久，来了个高和尚。他一到庙里，就把半缸水喝光了。小和尚叫他去挑水，高和尚心想一个人去挑水太吃亏了，便要小和尚和他一起去抬水，两个人只能抬一只水桶，而且水桶必须放在扁担的中央，两人才心安理得。这样总算还有水喝。

后来，又来了个胖和尚。他也想喝水，但缸里没水。小和尚和高和尚叫他自己去挑，胖和尚挑来一担水，立刻独自喝光了。从此谁也不挑水了，三个和尚就没水喝了。

大家各念各的经，各敲各的木鱼，观音菩萨面前的净水瓶里的水也没人添，花草都枯萎了。夜里老鼠出来偷东西，三人都视而不见。结果老鼠更加猖獗，打翻烛台，燃起了大火。三个和尚这才不得不一起奋力救火，大火扑灭了，他们也觉醒了。从此三个和尚齐心协力打水、担水、往缸里注水，水自然就更多了。

准爸爸胎教课堂

这个故事通过三个和尚没水吃的过程，讽刺了那些相互依赖、相互推诿、斤斤计较、唯恐自己吃亏的人。准爸爸讲完这个故事，一定要告诉宝宝，只有团结合作、互谅互让、齐心协力、勇于承担责任，把个人的智慧融入集体之中发挥集体的智慧和力量，才能克服困难，取得成功，才能换来幸福生活。

77

渔夫和金鱼

从前，有个老头和老太婆住在海边的一所破旧的泥棚里，两个人靠打鱼为生。一次下海，老头连下了三次网才网了一条鱼。没想到这是一条会说话的鱼，它说道："老爷爷，把我放回大海吧，您要什么我都可送给你。"好心的老头把金鱼放回了大海。

回到家，他告诉了老太婆这件奇事，她生气道："你真是个老糊涂！哪怕要只木盆也好。"老头来到海边呼唤金鱼，金鱼游过来问道："你要什么呀，老爷爷？"老头说出了老太婆的愿望。金鱼答应了他，老头回到家里，果然有了一只新木盆。

老太婆却喊道："木盆能值几个钱？向它要座木房子。"像上次一样，金鱼满足了他们。当老头走向自己的家，眼前是一座漂亮的木房。可老太婆还不满足，她接二连三地让丈夫去向金鱼索求："我不愿再做低贱的庄稼婆，我要做世袭的贵妇人。""我不愿再做贵妇人，我要做自由自在的女皇。"

在金鱼的帮助下，这些愿望一一实现了，老太婆却变得更加贪婪："我要做海上的女霸王，叫金鱼来侍候我。"老头唤来金鱼问道："行行好吧，她已经不愿再做女皇了，她要做海上的女霸王。"

金鱼一句话也不说，只是尾巴在水里一划，游到深深的大海里去了。老头儿在海边久久地等待回答，可是没有等到。他只得回去见老太婆，一看：他前面依旧是那间破泥棚，她的老太婆坐在门槛上，她前面还是那只破木盆。

准爸爸胎教课堂

故事里的老太婆虽然拥有了很多,可实际上她并不快乐,因为她的梦想太大,整个世界都容纳不下了。孕期里,准妈妈要做个知足常乐的人。知识的海洋是无限大的,准妈妈可以多看看书,丰富自己的阅历,做个精神上的富有者。

神奇的蘑菇伞

一天，小蚂蚁走在路上，走着走着，忽然下起了一场大雨。哎呦，雨下这么大，该躲在哪里避雨呢？这时，它见身旁有朵蘑菇，就躲到了蘑菇伞下面。

雨越下越大。一只蝴蝶爬过来，对小蚂蚁说："你看我身上全淋湿了，飞不起来了，让我也在这儿躲躲雨吧！""哪儿有空地方啊，光我一个还嫌小哩！不过，来吧，一起来试试吧！"小蚂蚁说。于是，蘑菇伞下多了一只蝴蝶。

雨下得更大了。一只老鼠路过，也要求挤一挤。小麻雀也来躲雨。后来又来了一只小兔子。大家挤挤挪挪，给小兔子腾出来一块地方。

雨停了，太阳出来了，大家从蘑菇伞下走出来。小蚂蚁说："原先光我自己还嫌地方小，后来加了蝴蝶、老鼠、小麻雀，还加上小兔子，地方也不太挤。这是怎么回事？"

这时，一直蹲在蘑菇顶上的小青蛙哈哈大笑地回答说："小蚂蚁，抬头看看给你们挡雨的伞，就知道怎么回事了。"小蘑菇在哗哗的大雨中，悄声地变成大蘑菇了啊！

准爸爸胎教课堂

蘑菇没有种子,依靠孢子来繁殖,孢子散布到哪里就在哪里长成新的蘑菇。孢子产生菌丝,吸收养分和水分之后产生子实体,子实体长大就成了蘑菇。

蘑菇的子实体起初很小,等到吸足水分后,在很短的时间内就会伸展开来,因此,在下雨以后,蘑菇长得又多又快。

奇光异彩的宝贝

苏格拉底是古希腊著名的思想家、哲学家、教育家，一天，他带着学生们打开了一座神秘仓库，这座仓库里装满了放射着奇光异彩的宝贝。仔细看，每件宝贝上都刻着清晰的字纹，分别是：骄傲、妒忌、痛苦、烦恼、谦虚、正直、快乐……

这些宝贝很漂亮、很迷人，学生们都抓起来就往口袋里装。

可是，在回家的路上，他们才发现，装满宝贝的口袋是那么沉。没走多远，他们便感到气喘吁吁，两腿发软，脚步再也无法挪动。

苏格拉底说："孩子们，我看还是丢掉一些宝贝吧。后面的路还长呢！"

学生们恋恋不舍地在口袋里翻来翻去，不得不咬咬牙丢掉一两件宝贝。但是，宝贝还是太多，口袋还是太沉，年轻人不得不一次又一次停下来，一次又一次咬着牙丢掉一两件宝贝。

"痛苦"丢掉了，"骄傲"丢掉了……口袋的重量虽然减轻了不少，但年轻人还是感到它很沉很沉，双腿依然像灌了铅似的重。

"孩子们，"苏格拉底又一次劝道，"你们再把口袋翻一翻，看还可以甩掉一些什么。"

学生们终于把最沉重的"名"和"利"也翻出来甩掉了，口袋里只剩下了"谦虚""正直""快乐"……一下子，他们感到说不出的轻松，脚上仿佛长了翅膀一样。

最后，苏格拉底长舒了一口气说："我的孩子们，你们终于学会了放弃！"

准爸爸胎教课堂

生活中值得追求的美好事情有很多,但因为一个人的精力是很有限的,所以需要放弃一些东西才能获得更多的。或许准爸爸深有体会,因为你在给准妈妈腹中胎宝宝讲这个故事的时候,你可能放弃了更多的个人空间……不过也正因为此,你收获了沉甸甸的幸福。

国王与牧童

从前,在一个国家里,有个小牧童,他非常聪明,无论别人问什么,他都能给出个聪明的回答,因而名声远扬。这天,国王听说了这件事,便把牧童召进了宫,对他说:"如果你能回答我所提出的三个问题,我就认你做我的儿子。"牧童问:"是什么问题呢?"

国王说:"第一个是:大海里有多少滴水?"小牧童回答:"我尊敬的陛下,请你下令把世界上所有的河流都堵起来,不让一滴水流进大海,一直等我数完它才放水,我将告诉你大海里有多少滴水珠。"

国王又说:"第二个问题是:天上有多少颗星星?"牧童回答:"给我一张大白纸。"于是他用笔在上面戳了许多细点,细得几乎看不出来,更无法数清。任何人要盯着看,准会眼花缭乱。随后牧童说:"天上的星星跟我这纸上的点儿一样多,请数数吧。"但无人能数得清。

国王只好又问:"第三个问题是:永恒有多少秒钟?"牧童回答:"在波美拉尼亚有座钻石山,这座山有两英里高,两英里宽,两英里深;每隔100年有一只鸟飞来,用它的嘴来啄山,等整个山都被啄掉时,永恒的第一秒就结束了。"

国王说:"你能够像智者一样解答我的问题,从今以后,你可以住在宫中了,我会像你的父亲一样爱你。"

> 准爸爸胎教课堂

　　读这个故事的时候,准爸爸肯定也希望自己的孩子将来像这个小牧童一样聪明吧。不用担心哦,相信在妈妈肚子里就听着这些故事成长的小宝宝长大后肯定也会善于观察和思考,能聪明地解决各种各样的难题。

咕咚来了

　　一天早晨，湖边寂静无声，两只小兔正玩得高兴，突然，湖面传来"咕咚"的一声。这个奇怪的声音把小兔吓了一跳，它们竖起耳朵正不知如何是好，又是一声"咕咚"传来。这声音它们从来没有听到过，想起昨晚妈妈讲过的怪物故事，小兔们害怕了："咕咚来了，快逃呀！"于是，它们转身就跑。

　　小猴子正在吃桃子，和跑来的兔子撞了个满怀。一听"咕咚"来了，小猴子也紧张起来，扔掉了桃子就跟着跑。它们又惊醒了睡觉的小熊，迷迷糊糊的小熊还没弄清是怎么回事，也跟着跑了起来。狐狸看到了，感到十分奇怪，拉住小熊问个为什么。小熊气喘吁吁地说："咕咚来了，赶快跑吧！"狐狸虽然聪明，也想不明白是怎么回事，也跟着跑了起来。于是一路上跟着跑的动物越来越多，连老虎也在队伍里。别的动物一看胆子这么大老虎也跟着跑，自己更是争先恐后了。

　　这阵骚乱使大象感到十分惊奇，它拦住了这群吓蒙了的伙伴们，问："出了什么事？"大家实在跑不动了，只好停下来，七嘴八舌地形容"咕咚"是个多么可怕的怪物。大象又问："你们谁见到了？"这时，狐狸推小熊，小熊推小猴，小猴推小兔，结果谁也没有亲眼看见。

　　大家决定回去看看明白再说。回到湖边，又听见"咕咚"一声，仔细一看，原来是木瓜掉进水里发出的声音，众动物不禁大笑起来。

准爸爸胎教课堂

这个故事很有意思。这些动物之所以一个跟着一个地跑起来，是从众心理在作怪，更是因为在它们心里早已存在一个"怪物"。孕期的准妈妈很敏感，总是担心这担心那，战胜这些小"怪物"，准爸爸一定要多想办法啊。

蜡烛煮饭

在一个冬天的夜晚，天气格外寒冷。阿凡提与几位朋友围坐在一起，他和朋友们打赌说，自己能在这冰天雪地里，在野外过上一夜而不被冻死。

"阿凡提，如果你真能这样，我们将输给你两枚金币。"朋友们说道。

"一言为定！"阿凡提说。

当晚，阿凡提带上一本书和蜡烛，到野外度过了一个对他来说最寒冷的夜晚。

天亮后，阿凡提哈着气、搓着手跑回村里向朋友们索要打赌钱。朋友惊诧地问他："阿凡提，难道你没有用任何取暖的东西吗？"

"没有哇！"阿凡提耸耸肩膀说。

"连一支蜡烛也没点吗？"朋友们又问。

"我是点了一支蜡烛，可我是用它来照明看书的！"阿凡提说。

"蜡烛不仅可以照明，它也有热度，你肯定用它取暖了，这样不能算你赢。"朋友们耍赖道。

阿凡提并没有说什么，默默地走了。一个月后，阿凡提请这几位朋友到家吃饭。可朋友们坐在客厅里等了数小时，肚子饿得咕噜噜直叫，阿凡提还是不端饭来招待。朋友们等得不耐烦了，都想进厨房看个究竟。他们拥进厨房，发现阿凡提架了一口大锅，锅底下点着一支蜡烛正烧着，锅里一点热气都不冒。

"阿凡提，用蜡烛能做熟饭吗？"朋友们取笑他说。

"你们说蜡烛有热度，于是我从一大早就用蜡烛来烧饭，可到现在都做不熟，我也感到非常奇怪。"阿凡提回答道。

准爸爸胎教课堂

烛光可以让准妈妈的心情变得平和。在冥想的时候，准爸爸可以体贴地为准妈妈点上一支适合孕期使用的熏香蜡烛，效果会特别好。

谁更有力量

一天，太阳和风开始争论，都说自己的力量大，它们一直争执不下，谁都不认输。

这一天，它们又为此争吵起来。为了给这个问题一个明确的答案，最后它们决定，让一名路人来测试他们的力量，就是看谁能脱下那个路人的斗篷。最先脱下者，自然就是胜利者。

风首先开始了。但见狂风骤起，转眼间，山上的树木一棵棵被连根拔起，森林几乎变成了一片废墟。那名路人见狂风大作，急忙跑到山角下，躲避起来。随后，那斗篷被他更结实地系在了身上。哦，风使出了全力，可一切全是白费。

轮到太阳上场了。在天空，它透过一片云，将异常炽热的光线朝那可怜的路人身上汇聚。哦，那路人简直就要被热融化了。"啊，太热了！热死了！"他痛苦地说，"简直就像是在火炉里，叫人无法忍受！"于是，他不得不脱下了斗篷，跑到大树下去乘凉。

通过这次较量，很显然，太阳最后成为了胜利者。

准爸爸胎教课堂

其实太阳和风都有力量,关键是用在对的地方。以后在孩子的成长过程中,准爸爸要学会赞美孩子的长处,不要将自己的孩子和别的孩子做无谓的比较,别人的强项也许是自己的弱项,但自己的强项别人不一定能比得上。

肉被谁吃了

一提起老钱,大家都称赞他是最聪明的人,没有事情可以难到他,也别想骗到他。

有一天,老钱买了三斤肉回来,吩咐妻子用这些肉做一顿饺子,打算两个人美美地吃一顿。妻子满口答应,把肉接了过去。

没想到,老钱的妻子特别馋又有点懒,不想做饺子,又急着想吃肉,就把肉炒熟,自己全部吃掉了,而后和了面,擀了一叠饺子皮放在碗里。

晚上老钱回来了,要饺子吃,妻子就把那碗饺子皮端了过来,放到老钱的面前。老钱奇怪地看着饺子皮,问妻子道:"饺子呢?"妻子说:"我切好肉,和好面,就擀饺子皮了,谁知道我擀饺子皮的时候,你那只该死的猫把肉全部吃光了。"老钱一副恍然大悟的表情"哦"了一声,就吩咐妻子把猫抓来,自己则拿来了一杆秤。

妻子把猫抓来了,老钱顺手把它放到秤上,不多不少正好三斤。这时,老钱紧紧盯着妻子,一脸疑惑地问妻子:"我的妻呀,如果这是猫的话,肉在哪里?如果这是肉的话,那么猫在哪里?"妻子看出老钱已经猜到自己撒谎了,然后害羞地笑了。

准爸爸胎教课堂

孕期的准妈妈也许会变得又懒又馋,准爸爸可不要像老钱那样"聪明"哦,最好的方式是学会做更多好吃的、营养的食物给准妈妈吃,因为怀胎十月是一件特别辛苦的事情。但是也要注意帮助准妈妈控制饮食量,因为摄入过多的营养,会让准妈妈生产变得困难。

谁来守着马

聪明人阿凡提有一次被国王派去和一位丞相去外地办事。丞相骑着一匹白色的骏马,阿凡提骑的是一匹黑色的老马。

到了傍晚,他俩来到一个前不着村后不着店的野外,决定露宿。丞相对阿凡提说:"阿凡提,这里常有野兽出没,还可能会有强盗,今晚请你守住这两匹马。"

"不,我不守,你自己守吧。我的马是黑色的,夜里野兽和强盗根本看不见它。"阿凡提说。

丞相一听阿凡提说得有道理,便对他说:"如果那样,我们俩把马调换一下,我的这匹白色骏马归你,你的黑色老马归我。"

阿凡提高兴地与丞相调换了马,然后对丞相说:"太好了,今夜就请您守护这两匹马吧!"

"为什么?"丞相问。

"现在我的马是白色的了,您的马是黑色的了,这黑咕隆咚的深夜,您也看不清您的马是被狼吃了还是强盗盗走了。而我的白色的马,我一眼就能看清它是否安在。"阿凡提说完便倒头睡觉去了。丞相没办法,只好守了一夜。

准爸爸胎教课堂

很多事情换个角度看就完全不一样了。故事中的阿凡提是乐天派,在任何情况下,他都能找到自己的马不会被偷的理由。准爸爸在给胎宝宝讲故事的时候,也可以叮嘱一下自己,凡事往好处想。特别是在孕期,准爸妈常常会忧心胎宝宝的健康状况,这个时候更要让她放轻松。

小熊和红皮鞋

"咯噔，咯噔"，什么声音这么清脆，这么好听。哟，原来是一个穿着红皮鞋的小姑娘在走路啊，她的鞋子好漂亮，红红的，亮亮的。小熊看见了，小熊好喜欢啊！

小熊一直跟在小姑娘后面跑，小姑娘并没发现他，只管"咯噔，咯噔"地走着。不一会儿，走到了一个大水坑边上。小姑娘脱下鞋子，卷起裤管，去抓小虾。小熊轻轻跑过去，把红皮鞋套在脚上，哈哈，真好看啊！小熊舍不得脱下皮鞋，自言自语说："小姑娘一定是不喜欢这鞋子了，要不，干嘛把它扔在地上呢？她不要，我要。"小熊穿着红皮鞋，跑回家去。

一天傍晚，小熊约大家一起去看表演。剧幕拉开了，台上有个小朋友在唱歌，歌声很动听，唱得真好呀！忽然，小熊愣住了，唱歌的小朋友，就是那个穿红皮鞋的小姑娘。可这会儿，她的脚上没穿红皮鞋，穿的是一双很旧很旧的黑皮鞋。小熊看看自己脚上的红皮鞋，脸红了，比红皮鞋还要红。小熊脱下鞋子，跑上台，把它塞在小姑娘的手里就跑开了。

那天，小姑娘还表演了跳舞，她跳啊跳啊，脚上的红皮鞋一晃一晃，闪着亮光，真是太漂亮了，太好看了！

回家的路上，小熊使劲地踩着地面，"吧嗒，吧嗒"地响着，就像穿着红皮鞋一样的神气。

准爸爸胎教课堂

准爸爸在读这个故事的时候，一定要想，准妈妈肚子里的是女孩还是男孩呢？如果是女孩，就可以给她穿漂亮的红皮鞋了，看她跳舞，看她"咯噔，咯噔"走路。如果是男孩也没关系哦，让他和一个穿红皮鞋的小女孩做朋友。

聪明的格蕾特

格蕾特是个女厨子。有一天,主人要请客,吩咐她烤两只鸡。鸡快熟了,可客人还不来,格蕾特嘀咕道:"这么好的烤鸡,不马上吃掉真是罪过。一只翅膀已经焦了,再不吃掉就浪费了。"于是便割下一只翅膀吃掉了,味道非常好。

吃完翅膀以后,客人还没来,格蕾特心想:"他们也许到别处吃饭去了,不会来了。不如把整只鸡都吃掉吧。"于是把整只鸡都吃掉了。

一只鸡吃完后,客人还没来,格蕾特心想:"两只鸡本来在一起的,应该公平对待他们,现在那只鸡在我的肚子里,这只也应该到我的肚子里。"于是,把第二只鸡也吃了。

正在这时,客人到了,主人让格蕾特去开门,他把分割鸡肉的刀拿到走廊里磨起来。格蕾特打开门,把手指放到嘴唇上,说:"嘘,别出声,主人现在正在磨刀,要割掉您的两个耳朵,您听这声音,在磨刀呢!你赶快跑吧!"客人听到真的有磨刀的声音,冲下台阶跑了。

格蕾特跑回到屋里,气冲冲地跟主人说:"您请的这是什么客人啊?把两只鸡都抢走了。跑啦!"

主人很可惜那两只美味的烤鸡,手里提着刀子,就出去追客人,边追边喊:"留下一只,留下一只。"客人一看他拿着刀子还说"留下一只",以为真要割一只耳朵呢,跑得更快了。

其实呢,主人只是想让客人给他留一只鸡而已。

准爸爸胎教课堂

格蕾特管不住自己，干的这些无伤大雅的小坏事让人会心一笑。准爸爸小时候也忍不住干过不少小坏事吧，现在可以一一回忆，讲给胎宝宝听。那些温馨、美好的记忆会让宝宝很开心。

皇帝吃鲫鱼

　　从前，有个皇上，问四个大臣鲫鱼身上哪个地方的肉更好吃。第一个说头好吃，是香肉；第二个说尾巴好吃，是活肉；第三个说脊梁肉好吃，肉厚；第四个说肚皮肉好吃，没刺。四个大臣各执一词，争执不下，于是皇帝传旨去找个渔翁，问一下哪个地方的肉好吃。

　　四个大臣回家后，都希望渔翁能够跟自己的说法一致，就派人带十两银子去找渔翁。这个渔翁一天之内连续接待了四个大臣，分别得到了他们送来的十两银子，也都分别答应了他们的要求，保证在皇上跟前跟他们保持一致说法。

　　第二天渔翁来到殿上，四位大臣也都在，老渔翁心想：现在按照哪位大臣的说法说都不对，这样一定会得罪另外三位大臣。这时只听皇上迫不及待地问："老渔翁，鲫鱼究竟哪个地方的肉最好吃啊？"老渔翁抬眼朝四位大臣一一看去，看见他们都在热切地看着自己呢，他灵机一动，对皇上回道："我主万岁，鲫鱼其实是季节鱼，要按季节吃，不同的季节好吃的部位是不同的。"皇上惊讶地问："怎么分季节，快说来。"老渔翁不慌不忙地答道："鲫鱼哪块最好吃呢？春天头最好吃，夏天尾巴最好吃，秋天脊梁最好吃，冬天肚皮最好吃。"

　　皇上对老渔翁的回答很满意，不但赏赐了渔翁，还加封了四位大臣。老渔翁拿着赏赐，看看各位贵人，也满意地笑了。

准爸爸胎教课堂

渔翁把吃鱼的时间进行细分，成功地创造出了空间，把四位大臣的要求都妥善安排了，准爸爸在胎教过程中遇到左右为难的情况时不妨试一下这种方法。

狼来了

　　从前，有个孩子，每天都要赶着羊到山上去放。山下有很多农田，农夫们都在里面忙碌。

　　有一天，放羊娃躺在草坡上，觉得实在无聊，就想逗逗山下的农夫，寻开心。他站起来，冲着山下大喊："狼来了，狼来了。快救救我啊！"农夫们一听，急忙拿着锄头和镰刀往山上跑，边跑还边喊："别怕，别怕，我们来帮你把狼打跑。"待农夫们气喘吁吁地跑到山上，连狼的影子也没看到。看着农夫们着急的样子，放羊娃哈哈大笑，说："你们上当了，我是逗你们玩的。"农夫们摇摇头说他太顽皮了，就转身都下山继续忙去了。

　　第二天，放养娃故伎重施，又把农夫们骗了一次，农夫们生气地走了。

　　过了几天，真的有一群狼冲着放羊娃的羊群过来了，放羊娃着急地大喊："狼来了，狼来了，救命啊！"可是没有人理他，他急得继续喊："狼真的来了，我没有骗你们！"但还是没有人来，结果，放羊娃的羊被狼咬死了很多。

准爸爸胎教课堂

　　什么事都需要节制，所谓再一再二、不可再三。准爸爸别忘了告诉胎宝宝，这个放羊的孩子哪里做错了哦。

胎教百科

狼的特点：

1. 狼不会为了所谓的尊严在自己弱小时攻击比自己强大的东西。

2. 狼如果不得不面对比自己强大的东西，必群而攻之。

3. 狼会在小狼有独立能力的时候坚决离开它，因为狼知道，如果当不成狼，就只能当羊了。

4. 狼不会为了嗟来之食而不顾尊严地向主人摇头晃尾。

知识的光亮

晋平公是一代国君，政绩卓越，学识很广。在他70岁的时候依然还希望多读点书，多长点知识，总觉得自己所掌握的知识实在是太有限了。可是70岁的人再去学习，困难很多，晋平公有点不自信，于是他去询问他的一位贤臣师旷。

师旷是一位双目失明的老人，博学多智。晋平公问师旷说："我已经70岁了，可是我还很希望再读些书，又总是没有信心，你觉得是否太晚了呢？"

师旷回答说："您说太晚了，那为什么不把蜡烛点起来呢？"

晋平公不解其意地说："此话怎么讲？"

师旷回答说："我听说，人在少年时代好学，就如同获得了早晨温暖的阳光一样，那太阳越照越亮，时间也久长。人在壮年的时候好学，就好比获得了中午明亮的阳光一样，虽然中午的太阳已走了一半了，可它的力量很强，时间也还有许多。人到老年的时候好学，虽然已日暮，没有了阳光，可他还可以借助蜡烛啊，蜡烛的光亮虽然不怎么明亮，可是只要获得了这点烛光，尽管有限，也总比在黑暗中摸索要好多了吧。"

晋平公恍然大悟，高兴地说："你说得太好了，的确如此！我有信心了。"

是啊，不爱学习的人，即使白天睁着眼，两眼也是一抹黑；只有经常学习，不断增长知识，不论年少年长，学问越多、心里才越亮堂，也才能遇事沉稳，更好地处理和解决事情。

准爸爸胎教课堂

知识可以给人指引前进的方向,准爸爸给胎宝宝讲故事,就是给胎宝宝灌输知识,让宝宝以后的人生之路更顺利。活到老学到老,人的一生,都不应该放弃学习。

善恶分明的县令

一天，一个农夫去赶集，在路上拾到了15张钱钞，回家后，交给了母亲，他母亲很贤良，要他回到集市上等失主，农夫按照母亲的吩咐回去了。

在前面不远处，农夫发现有一个低着头在地上寻找东西的人："老弟，这是你丢的钱吧。"不等那人回答，农夫便将15张钱钞全都给了那人。可那个人却说："我丢失的原本是30张钱钞，现在才只找回来一半。"

农夫觉得那人太不讲理，自己如数将钱归还给他，他不但不谢，反而有诬蔑自己贪了一半的意思。于是二人争吵起来，互相扭着来到县衙门的堂上，他们各执一词。

县令听后，心里已有几分底了，他对那领钱人的行为颇为生气。县令派人将农夫的母亲叫来证明农夫说的情况属实。接着，县令让农夫和那个领钱人各自具状。于是他们分别写道："拾钱人的确是拾到15张钱钞。""丢钱人确实是丢失了30张钱钞。"县令将两张状纸捏在手上，对失主说："你丢的是30张钱钞，而他拾到的是15张钱钞，可见这钱不是你的钱，而是上天赐给这位贤良母亲的养老钱，你到别的地方去找你的钱吧！"

那人自觉理亏，也不敢再作狡辩，灰溜溜地离开了县衙。于是，县令把15张钱钞交给农夫的母亲，说："你是位贤德的母亲，这钱就归你了！"

对县令的处理方式人们都竖起了大拇指。

准爸爸胎教课堂

人们都有善心，对恶人有厌恶之心，对好人有怜悯之心，这是非常朴素自然的感情。胎宝宝也能随着爸爸的感受体会到这一点，将来他也会成长为一个善恶分明的人。

小蜗牛做证

菜地附近，几条小青虫正商量着要去菜地偷青菜。可是菜地上空小麻雀正在巡逻，必须把它引开，才能偷到菜。于是一条小青虫过来对小麻雀说："我是来请你去听青蛙演唱会的！"

小麻雀最爱听音乐，听小青虫这么一说，连忙飞走了。等小麻雀飞远后，小青虫赶忙去叫来伙伴们，在菜地里大吃起来。

小麻雀找了半天，才在一个池塘边找到了小青蛙。小麻雀一问小青蛙，才知道上了小青虫的当，它叫了一声"不好"，快速飞了回来。

等小麻雀飞到菜地时，菜地已被小青虫们糟蹋得不像样子了；再找小青虫，它们早就溜了。小麻雀找到森林法官猫头鹰告状，法官派人抓来了小青虫。

小青虫矢口否认，说："小麻雀说我吃了青菜，有证人吗？"

法官虽然怀疑是小青虫干的坏事，但没有证人，怎么判罪呢？

正在这时，一只蜗牛慢慢地爬了过来，要求当证人。小青虫问："蜗牛，我们吃菜时你在干什么，你是怎么看见的？"蜗牛说："我正躲在壳里休息。"

"胡说八道，你躲在蜗牛壳里怎么能看见外边的事情？"小青虫以为抓住了蜗牛的把柄。

法官说："哈哈，这你们就不懂了，蜗牛可以通过弯曲的管径看外边，像潜望镜一样！"小青虫张口结舌，只好乖乖地认错。

准爸爸胎教课堂

故事中的小青虫自以为自己做的坏事神不知鬼不觉，却没有发现躲在蜗牛壳里的小蜗牛。准爸爸在讲这个故事的时候可以告诉宝宝，不管在什么时候都要严格要求自己，在做坏事的时候，"小蜗牛"可能无处不在哦。

小鸭子找朋友

池塘里静悄悄的。一只小鸭子就在这样的池塘里游水。小鸭子游到了这边，又游到了那边，没有见到一个朋友，它觉得很孤单、很没趣。

这时，一只小鸡蹦蹦跳跳从池塘边路过，小鸭子连忙喊："小鸡妹妹，小鸡妹妹，你能到池塘里和我玩吗？"小鸡说："对不起，我不会游泳，不能和你玩。"

又一只小兔子一路小跑着从池塘边路过，小鸭子连忙喊："小兔子，小兔子，你能到池塘里和我一起玩吗？"小兔子说："对不起，我不会游泳，不能和你玩。"

这时，一只小青蛙跳来，小鸭子连忙喊："小青蛙，小青蛙，你能到池塘里和我一起玩吗？"小青蛙高兴地说："好啊！我正好也在池塘里找朋友呢。"小青蛙纵身一跃，就跳到池塘里。

小鸭子终于在池塘里找到了能和它一起玩的好朋友。

准爸爸胎教课堂

朋友是一生的财富，当宝宝有良好性格时，他（她）会交到很贴心的朋友，因此，如果准爸爸能培养宝宝的好性格，那才是真正赢在起跑线上。

胎教百科

鸭子的尾部有一个很大的脂肪腺,叫尾脂腺。它的胸部还能分泌一种含脂肪成分的"粉"状角质薄片。平时,它经常用嘴啄擦,把尾脂腺分泌的脂肪和胸毛分泌的"粉"状角质薄片涂擦在羽毛上,因此,它入水时羽毛不会沾水。同时,鸭子的羽毛很轻,所以水能把它整个身躯托起来,漂浮在水面上。

蒂丽玲河

蒂丽玲河非常美丽，长长的墨绿色头发，身材苗条、修长，婀娜多姿，浅浅的酒窝，明亮的眼睛，真美啊！没有人敢说蒂丽玲河不美，她不禁想："我这么美丽，谁才能配得上我呢？"

大海爱上了美丽的蒂丽玲河，可蒂丽玲河嫌大海的味道太苦了，也不愿意跟大海一起忍受狂风暴雨和烈日炎炎，更不愿意帮助大海运送船只，还讨厌大海说话的声音太大了，不愿意跟大海在一起。她想，像自己这么美丽的河，只应该被呵护，被疼爱，收礼物，哪能去受苦。

这时，池塘向蒂丽玲河求爱了。池塘说他可以用涟漪温暖蒂丽玲河，可以把睡莲和天上的白云送给蒂丽玲河，还能让山林为蒂丽玲河唱歌，让鲜花为蒂丽玲河开放。蒂丽玲河很高兴，池塘是多么喜欢她呀，能为她做这么多事，比大海好多了。

蒂丽玲河接受了池塘的求爱，可是池塘不能像大海一样涌起大浪把蒂丽玲河接走，所以蒂丽玲河只能自己去找池塘。路上沙子太多了，蒂丽玲河的水流一直在减少，她越来越瘦，当她到达池塘的时候，已经变成一条细细的小溪，失去了以前的美丽。此时的池塘也不再爱她了，最后她只剩下了几滴眼泪。

准爸爸胎教课堂

怀孕期间的孕妈妈特别敏感，虚荣心在这个时候也可能空前高涨，看到别人有的自己也想有，不能拥有就闷闷不乐。如果孕妈妈出现了这样的情绪，准爸爸要帮助她及时消除，以免导致抑郁，影响胎宝宝以后的气质和性格。

癞蛤蟆与钻石

有户人家有两个女儿，大女儿脾气很坏，小女儿性格柔顺。

因为大女儿像自己，母亲喜欢大女儿，家务活大都是小女儿干。这天，小女儿去泉边打水，一位可怜的老妇人来向她讨水喝。小女儿对老妇人说："没问题，老奶奶，我马上打水给你喝。"她很快就打了一桶水，还双手帮忙捧着水勺，好让老奶奶喝起水来更容易些。

喝完水后，老奶奶说："孩子，你心肠真好，我要送你一件礼物，以后你每说出一句话，嘴里就开出一朵花或者掉下一件珠宝。"说完就不见了，原来这个老奶奶是仙女。

小女儿回家后，一说话，嘴里就往外掉玫瑰、珍珠或钻石。

母亲很惊奇，就问是怎么回事，小女儿把在泉水边发生的事告诉了她。

母亲心想这样好的事让大女儿碰上才好，就打发大女儿去打水，并叮嘱她有穷苦的老女人跟她讨水喝就给她喝。

大女儿极不情愿地去了，这时有个年轻女人走过来跟她讨水喝，大女儿不耐烦地说："你不会自己打吗？你以为我是来给你打水喝的？"漂亮女人说："你一点礼貌也没有，我也要给你一件礼物，以后你每说一句话，嘴里就会蹦出蛇和癞蛤蟆。"说完就不见了，而她就是小女儿上次遇到的变成老妇人的仙女变的。

大女儿回到家里，母亲急忙问她有没有碰到仙女，大女儿一开口答话，嘴里就蹦出了蛇和癞蛤蟆。

准爸爸胎教课堂

准爸爸如果给宝宝做对话胎教，语言要尽量准确、优美，如果有说粗话的习惯，一定要改过来。因为胎宝宝出生后会模仿的哦。

狮子求婚

在森林里，住着一个农夫和他的女儿，百兽之王狮子爱上了农夫的女儿，向她求婚。农夫不忍将女儿许配给野兽，但又惧怕狮子，一时无法拒绝，于是他急中生智，计上心来。

当狮子再次来请求农夫时，农夫对狮子说："您娶我的女儿很适合，但您必须先拔去牙齿，剁掉爪子，否则我不能把女儿嫁给您，因为我女儿惧怕这些东西。"狮子色迷心窍，立刻回答："这个太简单了，当然可以。"狮子失去了牙齿和利爪，从此，农夫就再也不惧怕狮子了。狮子再来时，农夫就用棍子打它，把它绑了起来。

准爸爸胎教课堂

准爸爸可以告诉宝宝，不要轻易相信别人的话，而抛弃自己特有的长处，否则，就会像狮子一样，轻而易举地被原来惧怕它的人击败。

胎教百科

狮子大都生存在非洲和亚洲，属于大型猫科动物，是速度与力量完美结合的化身，地球上的超级"大猫"。世界上发现最大的野生非洲狮体全长3.5米，重342千克，尾长90厘米。

母狮的毛发短，体色是茶黄色。雄狮长有很浓密的鬃毛，体格强壮。

不幸的鹿

大海附近，有一头瞎了一只眼的鹿，一天，它感到饿了，便来到海边吃草。它担心吃草时会被猎人攻击，于是用那只好的眼睛注视着陆地，防备猎人的攻击，而用瞎了的那只眼对着大海，它认为海那边不会发生什么危险。

可是，情况却出乎它的意料，有人乘船从海上经过这里时，看见了这头鹿，一箭就把它射倒了。它将要咽气的时候，自言自语地说："我真是不幸，我防范的陆地那面却很安全，而我所信赖的大海这面却给我带来了灾难。"

准爸爸胎教课堂

故事中这头不幸的鹿因为过于信赖自己的判断，导致丢失生命。准爸爸在讲故事的时候可以跟胎宝宝说，生活中，事实常常与我们的预料相反，以为是危险的事情却很安全，相信是安全的却更危险。处于危险境地时，一定不能掉以轻心。虽然这样的大道理胎宝宝可能听不懂，但是你所说的如果能影响到你自己，总有一天会无形中感染你的孩子。

胎教百科

在中国，鹿的种类有18种之多，在这18种鹿中，有四五种是中国的特有品种。其中，除了麋鹿举世闻名之外，还有两种也很著名，就是白唇鹿和毛额黄鹿。另外有几种，虽不是中国的特有品种，但确实珍贵稀有，比如海南岛的坡鹿，西藏昌都地区的白鹿，西藏的寿鹿和新疆西部的天山马鹿等。

狐狸和山羊

森林里,一只狐狸不小心掉到了井里,井很深,不论它如何挣扎都没法爬上去,只好待在那里。这时,一只口渴的山羊来到井边,看见狐狸在井下,便问它井水好不好喝。狐狸觉得机会来了,心中暗喜,马上镇静下来,极力赞美井水如何如何好喝,并劝山羊赶快下来,与它一起痛饮。一心只想喝水的山羊信以为真,便不假思索地跳了下去,当它咕咚咕咚痛饮完后,才发现根本无法从井里爬出去,就不得不与狐狸一起共商上井的办法。狐狸早有准备,它狡猾地说:"我倒有一个方法。你用前脚扒在井墙上,再把角竖直了,我从你后背跳上井去,再拉你上来,我们就都得救了。"山羊同意了提议,狐狸踩着它的后脚,跳到它背上,然后再从角上用力一跳,跳出了井口。狐狸上去以后,准备独自逃离。山羊指责狐狸不信守诺言。狐狸回过头对山羊说:"喂,朋友,你的头脑如果像山羊的胡须那样完美,你就不至于在没看清出口之前就盲目地跳下去。"

准爸爸胎教课堂

我们在做事情之前,一定要事先考虑清楚事情的后果,然后才去做。准爸爸做胎教也是一样,对于别人的建议不要不加分析地采用,而要根据自己的实际情况选择最适合自己的。

徒劳的寒鸦

宇宙之神宙斯想要为鸟类立一个王，便指定了一个日期，要求众鸟全都按时出席，以便选它们之中最美丽的为王。众鸟得知这个消息后，都跑到河里去梳洗打扮。

寒鸦知道自己没一处漂亮，便来到河边，捡起众鸟脱落下的羽毛，小心翼翼地全插在自己身上，再用胶粘住。指定的评选日期到了，所有的鸟都一齐来到宙斯面前。宙斯一眼就看见花花绿绿的寒鸦，在众鸟之中显得格外漂亮，准备立它为王。众鸟十分气愤，纷纷从寒鸦身上拔下本属于自己的羽毛。于是，寒鸦身上美丽的羽毛一下全没了，又变成了一只丑陋的寒鸦了。

准爸爸胎教课堂

在生活中，有时借助别人的东西可以得到美的假象，但那本不属于自己的东西被剥离时就会原形毕露。所以宝宝出生后，准爸爸要教育他（她），不属于自己的东西不要去占有。

胎教百科

寒鸦，亦称"慈鸟""小山老鸹"。鸟纲，鸦科。体长可达 35 厘米，上体除颈后羽毛呈灰白色外，其余部分为黑色，胸腹部为灰白色。在我国，大多寒鸦终年留居北部，冬季亦见于华南。

年老的猎犬

一天，一个猎人带着一条老猎犬来到森林里狩猎。据说这条老猎犬年轻力壮时从未向森林中任何野兽屈服过，可现在，这条猎犬已经年老。刚好他们遇到一头野猪，老猎犬勇敢地扑上去咬住野猪的耳朵。由于它的牙齿老化无力，不能牢牢地咬住，野猪逃跑了。

主人跑过来后大失所望，痛骂它一顿。年老的猎犬抬起头来说："主人啊！这不能怪我不行。我的勇敢精神和年轻时是一样的，但我不能抗拒自然规律。从前我的行为受到了你的称赞，现在也不应受到你的责备。"

准爸爸胎教课堂

猎犬因为年老失去了捕猎能力，其实生老病死的自然规律是不可抗拒的。在讲故事的时候，准爸爸可能会想到，随着自己的孩子即将来到世间，自己的父母却慢慢变老了，他们可能会变得迟钝，很多事情不再擅长，这个时候，你要做的是更多地去关怀体恤自己的长辈。只有这样，你的宝宝长大后，才会更加关怀体恤你。胎教在很多时候就是这样的言传身教。

胎教百科

猎犬有下垂的大耳朵、深沉的叫声，具有利用嗅迹跟踪猎物等的本领。一只训练有素的猎犬必须领会吹口哨、示意、招手、指点、呼唤等暗示和要求。一只好猎犬不仅能抓住野外奔跑的狐狸，而且能咬住窜进洞穴的狐狸咬住其尾巴，将其从洞中拽出来。

鹰与狐狸

森林中，鹰与狐狸结交为好朋友，为了彼此的友谊更加牢固，它们决定住在一起。于是鹰飞到一棵高树上面，筑起巢来孵育后代；狐狸则走进树下的灌木丛中间，生儿育女。

有一天，狐狸出去觅食，鹰也正好断了炊，它便飞入灌木丛中，把幼小的狐狸抢走，与雏鹰一起饱餐一顿。狐狸回来后，知道这事是鹰所为，它为儿女的死而悲痛，而最令它悲痛的是一时无法报仇，因为它是走兽，只能在地上跑，不能去追逐会飞的鸟。

因此它只好远远地站着诅咒敌人，这是力量弱小者唯一可以做到的事情。不久，鹰背信弃义的罪行也受到了严惩。有一次，一些人在野外杀羊祭神，鹰飞下去，从祭坛上抓起了带着火的羊肉，带回了自己的巢里。这时候一阵狂风吹了过来，巢里细小干枯的树枝马上燃起了猛烈的火焰。那些羽毛未丰的雏鹰都被烧死了，并从树上掉了下来。狐狸便跑了过去，在鹰的眼前，把那些小鹰全都吃了。

准爸爸胎教课堂

准爸爸可以告诉宝宝，要做一个有信义的人，对朋友要真心相待。生活中，对于那些背信弃义的人，即使受害者弱小，没有能力报复他，但是他的这种行为终究会受到惩罚的。

胎教百科

狐狸的眼睛能够适应黑暗，瞳孔椭圆、发亮，类似于猫的眼睛，这一点狐狸和其他拥有圆形瞳孔的犬科动物不同。

狐狸具有敏锐的视觉、嗅觉和听觉。大部分狐狸具有刺鼻的味道，由尾巴根部的臭腺散出。

农夫与蛇

一年冬天,一个农夫穿着厚厚的棉衣走在路上,走着走着,突然发现路边有一条蛇冻僵了,农夫觉得蛇很可怜,便停了下来,把蛇拿起来,放在自己怀里给蛇取暖,继续向前赶路。

过了一会儿,蛇温暖后,渐渐苏醒了过来,恢复了它的本性,不但没有感谢农夫,反而狠狠地咬了它的恩人一口。农夫受到了致命的伤害,瘫倒在地上,浑身渐渐失去了知觉,农夫临死前自言自语地说:"我该死,我怜悯恶人,应该受恶报。"

准爸爸胎教课堂

对这个故事,也有一个美丽的解读,苏醒的蛇很感激农夫的帮助,它情不自禁吻了农夫,却忘了自己的牙齿有毒。一个故事,往往有多种解读,就看你相信哪一种了。准爸爸不妨从多个角度来解读这个故事。

胎教百科

蛇有冬眠的习性，到了冬天盘踞在洞中睡觉，一睡就是几个月，不吃不喝，一动不动地保持体力。天气晴朗时，它偶尔也会出来晒太阳，有时也会进食。待到春暖花开，蛇就醒了，开始外出觅食，而且会脱掉原来的外衣。

勇敢的鹦鹉

　　一天，一只鹦鹉离开家来到了一片山林里，山林里的动物都来欢迎这位远方的客人，给它带来好吃的，为它歌唱，为它跳舞，鹦鹉面对这一切，十分感动。

　　过了一段时间，鹦鹉要回家了，便和山林里的朋友们依依不舍地分手了。

　　又过了些日子，不幸的事情发生了。这片山林忽然起了大火。山林中的动物们四处逃窜，死伤无数，惨不忍睹。

　　鹦鹉远远地望见了这边的大火，它飞去求助天神，并不辞劳苦地日夜赶路，赶到了着火的山林边。它一次次地飞到附近的河边，将羽毛在水中沾湿，然后把水洒向山林。也不知这样来来回回飞了多少趟，鹦鹉累得头昏眼花，几次险些被热浪吞没，身上的羽毛也被烧焦了，但是火势一点也没有减弱。鹦鹉毫不气馁，还是不断地洒着水。

　　天神对鹦鹉说："你也太自不量力了，凭你用羽毛洒的那一点水，是根本扑灭不了山火的，你这是何必呢，一不小心还会把自己的性命都搭进去！"鹦鹉回答说："我曾经寄住在这里，这里所有的动物都非常善良，待我非常好。无论如何，我一定要为它们竭尽全力，决不能眼睁睁地看着它们活活被烧死！"

　　天神听了这番话，很受感动，便立即施法，将火扑灭了，鹦鹉的朋友们终于得救了。

准爸爸胎教课堂

小鹦鹉很勇敢,冒着失去生命的危险,去救助曾经帮助过它的人。通过这个故事,准爸爸要告诉胎宝宝,长大后做一个善良、勇敢、为他人着想的人。

青蛙旅行家

有一只青蛙，看见野鸭在天上飞，很是羡慕。一天，野鸭落到湖边里休息，青蛙便上前对野鸭说："我也想飞上天空看看。"

野鸭说："可是你没有翅膀啊，怎么能够飞得起来呢？"

青蛙说："我有一个好办法。两只野鸭用嘴叼住一根树枝的两边，我再咬住树枝中间，你们一飞，就可以把我带到天空中了。"

就这样，青蛙真的被野鸭带上了天空。开始时，青蛙在高空还很害怕，吓得喘不过气来，可后来，它渐渐习惯了。它在空中东张西望，听见下面有人喊："野鸭真聪明啊，能想出这样的好主意啊？"

青蛙一听，忙张开嘴大声喊："不是野鸭，是我想出的主意。"

这下可不得了，它一下子从空中掉下来，重重地摔进湖水里。

准爸爸胎教课堂

不可否认，这只青蛙很聪明，但很多时候，错误都是因为一时冲动而造成的。孕期里，准爸爸一定要照顾好准妈妈，要避免情绪的大起大落。准爸爸也可以发挥想象，如果故事中开口喊的是野鸭，又是怎样的情形。

老虎学艺

很久以前，老虎还不是森林之王。它看起来高大威猛，却笨手笨脚，空有一身蛮力。它很想拜师学艺，可森林里的动物们却希望它永远是个笨老虎。

有一天，老虎在山脚下碰到一只小猫。他见小猫体态轻盈，动作敏捷，就跟小猫说："我想拜你为师，你愿意收下我这个徒弟吗？没有人比我更适合做你的徒弟了。要是得了你的真传，肯定能将你的本领发扬光大。"小猫想了想，说："好吧，我收下你了！"

每天，小猫很认真地教老虎学本领，老虎的进步也很快。渐渐地，老虎有些瞧不起猫师傅了。它想："这小身板，再好的本领使出来都是花拳绣腿。简直笑掉我的虎牙！"

有一天，老虎假装向小猫学本领，心里却想着："等我有了虎宝宝，就抓这只猫给宝宝当宠物。"聪明的小猫一眼就看透了老虎的心思，它对老虎说："你把我所有的本领都学会了，可以走啦！"

老虎一听，心中暗喜。它眼珠一转，对小猫说："小猫师傅，你身后是个什么东西？" 等小猫把身子一转，老虎立即朝小猫扑来。不过，小猫早就有防范，它身子一纵，就爬上了身边的一棵大树。老虎一急，也去爬树，刚爬几下，就掉了下来。它围着树团团转，对着树上的小猫直吼。

小猫生气地说："你这个老虎，这最后一手爬树的本领是我故意不教你的！"

准爸爸胎教课堂

这个故事教给了我们一个尊师重教的道理。可故事中的小猫也值得我们思考，猫因为老虎的恭维而收它为徒弟，是错误的开始；在教徒过程中，只是传授武艺，却不教给它做人的道理，是一错再错。虽然它提防老虎，而对它有所保留，但也给人以教徒不尽力的笑柄。父母是孩子的第一位老师，准父母们准备好了吗？

绿野仙踪

　　美丽、善良的小女孩桃乐茜和叔叔亨瑞、婶婶埃姆住在堪萨斯州的农场里。桃乐茜的小狗托托总是追咬多尔西家的猫,为了不让自己的爱犬被警察带走,桃乐茜决定带着小狗托托暂时离开。就在他们刚要离开的时候,却被一股强大的龙卷风袭击,来不及躲进地洞的桃乐茜连同叔叔的房子被卷进了空中。没想到的是,他们被这场不期而至的龙卷风刮到了另一个国度,开始了奇幻的旅行。

　　龙卷风将桃乐茜带到了名为奥兹的矮人国度,掉落的木头房子碰巧砸死了危害矮人国的东方女巫,桃乐茜还得到了女巫的红宝石鞋。受到贵宾礼遇的他们一心想找到回家的路,矮人们告诉她,只有翡翠城的魔法师才能帮她找到回家的路,桃乐茜决定去寻求魔法师的帮助。在去翡翠城的路上,桃乐茜结识了没有头脑的稻草人、缺少心脏的铁皮人和寻找勇气与胆量的狮子,于是决定结伴去翡翠城寻求魔法师的帮助,在寻找的途中他们受到了女巫妹妹的阻挠,冲破重重阻挠的他们终于来到翡翠城。但他们发现法力无边的魔法师不过是一个同样被龙卷风刮来的魔术师,根本没有什么法力。正当他们失望的时候,魔术师却用意想不到的方法使他们一一实现了愿望。桃乐茜终于回到了婶婶和叔叔身边。

准爸爸胎教课堂

这个故事告诉我们：朋友很重要，要珍惜友谊。同时，也要学习桃乐茜不畏艰险的精神。

图书在版编目（CIP）数据

准爸爸睡前胎教故事 / 艾贝母婴研究中心编著. --成都：四川科学技术出版社，2016.11（2019.3重印）
ISBN 978-7-5364-8490-0

Ⅰ. ①准… Ⅱ. ①艾… Ⅲ. ①胎教—基本知识 Ⅳ. ①G610.8

中国版本图书馆CIP数据核字（2016）第261060号

书　名：准爸爸睡前胎教故事
　　　　 ZHUNBABA SHUIQIAN TAIJIAO GUSHI

出 品 人：钱丹凝
编 著 者：艾贝母婴研究中心
责任编辑：张湉湉
封面设计：高巧玲
责任出版：欧晓春
出版发行：四川科学技术出版社
　　　　　地址：成都市槐树街2号　邮政编码 610031
　　　　　官方微博：http://weibo.com/sckjcbs
　　　　　官方微信公众号：sckjcbs
　　　　　传真：028-87734039
成品尺寸：210mm×225mm
印　　张：12
字　　数：80千
印　　刷：天津市光明印务有限公司
版次/印次：2016年11月第1版　2019年3月第6次印刷
定　　价：32.80元

ISBN 978-7-5364-8490-0
版权所有　翻印必究
本社发行部邮购组地址：成都市槐树街2号
电话：028-87734035　邮政编码：610031